とわの庭

永恒的庭院

[日] 小川糸 —— 著

彭少君 —— 译

永 恒 的 庭 院

在我准备步入梦乡的时候，妈妈总会为我轻吟这首诗。妈妈的声音如此柔和，感觉就像手心浸入温暖的热水中似的。她的声音从充溢着温煦气息的洞窟深处传来。

你曾告诉我，
告诉我那里有一泓清泉。
在葱郁森林的幽深处，
在萋萋青草的繁茂处。
之前我竟不知，
山石磊磊的地方，
有着一泓清泉。
那可是属于我的一片森林啊。

仅仅凝望着你,

泉眼中就有泉水溢出。

若是将你抱住,

泉水就会汩汩涌出。

这泉水,

甘甜、柔滑、纯净。

"如果口渴,请尽情享用这清泉吧!"

让我们把这清泉分享给更多的人吧。

也分享给更多的动物、更多的花草吧。

你的安宁,

就是我的安宁;

你的饥饿,

就是我的饥饿;

你的悲伤,

就是我的悲伤。

当身体和身体紧贴在一起,

灵魂与灵魂就会欣喜欢笑。

我和你,

让优美的乐音,

在世间回响。

当你注视着我,

我就可以变得更加坚强。
当望着你的睡脸，
我的不安就会溘然消逝。
无论何时，
都想待在你的身边。

妈妈的胳膊抱着我，我一边感受着她心脏的跳动，一边聆听她的声音。我非常喜欢听妈妈的声音。无论有多么悦耳的音乐，我最喜爱的还是妈妈的声音。《清泉》，就是这首诗的标题。

给予我光明的是妈妈。

我的眼睛看不到东西。刚出生的时候，似乎能够朦朦胧胧地看到一些东西，不过，我的记忆中自己的眼睛从未真真正正地感受过光明。懂事后，我的眼睛只能识别模模糊糊的色块，以及"光亮""幽暗"。渐渐地，它们之间的界线也变得模糊不清，最终我坠入漆黑的彼岸。

如果一个人成年后，某一天突然失明，那么他的人生很可能遭遇大混乱吧。不过，很幸运，我没有这样的遭遇。对我而言，失明是常态。如果明天能够看到所有的东西，或许反而会让我对绚烂的色彩感到惊愕，并不禁心慌意乱吧。

多亏了妈妈，我没有陷入不知所措的窘境。因为妈妈成了我的光明。妈妈是我的太阳,恰如字面那样,是温暖地照耀着大地的太阳。

作为太阳的妈妈,为了让我明白四季的轮回,在庭院里种植了飘散着芬芳的树木。有瑞香、金桂,以及其他许多馥郁的树。妈妈把这个庭院叫作"永恒的庭院"。

"永恒"是我的名字。

这是妈妈给我起的宝贵的名字。

某一天,我问妈妈:

"为什么我的名字叫'永恒'呢?"

那个时候,我的人生迎来了"十万个为什么阶段"。为什么?为什么?我将疑问投向所有的事物,恐怕这也让妈妈感到头痛吧。

不过,妈妈回答的声音里不带有一丝的厌烦:

"对妈妈而言,'永恒'就是永远的爱,所以给你起名'永恒'。'永恒'就是永远。"

"永远的,爱?"

"就是无论到什么时候都不会终止。汉字是这样写的。"

妈妈这样说着,将我的左手手掌打开,然后在手心画着复杂的线条。

"好痒!"

我扭动了身子。妈妈再一次慢慢地描着"永""远"两个字。我的左手手掌刹那间变成了小巧的笔记本。

"不过，用汉字写挺难的。'永恒'的日语平假名是'とわ'。是这样写的。"

妈妈说完就在我的手掌上画着"と"和"わ"。

"那么，永恒也请跟着一起写写吧。"

妈妈撑起我的右手，然后拉着我的食指写"と""わ"。最后是我独自写"と""わ"。

"太棒了，太棒了，永恒真是个聪明的孩子！只跟着写了一回，就能完全正确地写出自己的名字！"

被妈妈表扬，我喜笑颜开。于是，为了得到更多的表扬，我逞强说道：

"妈妈的名字是什么呢？永恒也能写出妈妈的名字。"

妈妈回答道：

"妈妈的名字啊，叫'爱'。"

那似乎是我第一次听到妈妈的名字。之前我一直觉得妈妈的名字就是"妈妈"。

"ai？"

"嗯，'永恒之爱'的'爱'。"

我心花怒放，不禁抱紧妈妈的脖子。

感觉仿佛有一条"永恒之爱"的魔法丝线，将我和妈妈牢牢地系在一起。

"ai？"

"对，是'爱'。"

"怎么写呢？"

我问后，这一次妈妈在我的左手手掌缓缓地画着自己的名字"あ""い"[1]。"あ"有些复杂难写，不过"い"立马就能记住。我在脑袋里消化片刻后，就在妈妈的手掌里写出"あ""い"给她看。

"简直太棒了！永恒果然是天才啊！"

妈妈再次表扬了我。

一个"为什么"解决后，立即就会有下一个"为什么"产生。当时我的脑袋里就出现了这样的情况。我问妈妈：

"'爱'是什么意思呢？"

妈妈沉思片刻后，陆陆续续地说了以下的话：

"'爱'就是即便得不到回报，也愿意对人和事物倾其所有。'爱'也是希望将这些人和事物置于自己身边的、温暖的感情。'爱'也是怜惜之心、珍重之心。词典里就是这么写的。"

可是，我无法理解这些内容。

"是好的东西吗？"

对于我的问题，妈妈没有回答。取而代之的是，她把我紧紧地抱在她的胸前。

---

[1] "爱"的日语平假名为"あい"。——译者注

"永恒与妈妈之间,如果有'永恒之爱',那么我们就不会再害怕任何事。"

她在我的耳边低语道:

"妈妈太爱永恒了!"

我的两只手也牢牢地抱紧妈妈的后背,我说:

"永恒,永远爱妈妈!"

我想要尝试使用刚学到的"永远"这个词。

"妈妈也永远爱永恒!"

我和妈妈这样互相低语爱意,绝不是什么稀奇的事。我们会日常性地用语言确认对方的心情,这绝不是令人羞愧的行为。

之前,我一直黏着妈妈,和她片刻不离地度过每一天。我们住在一个两层的小房子里。二楼的卧室上面还有一个更小的屋顶阁楼,一楼的厨房下面蛰伏着一个小巧的地下室。房子的前面就是永恒的庭院。

我的生活里充溢着妈妈的爱。我吃的饭都是妈妈每天亲自为我做的,穿的衣服也是妈妈翻新自己的旧衣服,亲手为我缝制的。妈妈总是将熨好的干净手帕放进我的裙子口袋里。为了能让我迅速找到洗手间的位置,在通向洗手间的走廊上,妈妈在天花板上挂了许多条毛线。

虽然我看不见,但是我能立即知道妈妈在哪里。因为妈妈身上散发着妈妈特有的气味。直到很久以后,我才发觉妈妈的气味与永恒的庭院里生长的植物的芬芳相似。我能够迅速嗅出妈妈的气味。

爸爸的身上也有淡淡的气味。每当妈妈打开爸爸送来的箱子的盖子时，我都能闻到一缕此前这里不存在的气味。

那是一种近似叶片味道的幽香，不用力闻是闻不出来的。成年后，每当我闻到熏烧白鼠尾草叶片味的瞬间，我的脑海里就会闪现出爸爸的身影。不过，之前还是小孩子的我，是无法了解到"白鼠尾草"这种植物的。

不，还是有方法可以了解到。因为妈妈给我朗读了很多书，将整个世界展现在了我的面前。但我没有留意到白鼠尾草，所以我难以用语言准确地形容出爸爸身上的气味。

那种气味绝对不会给人带来微暗的印象，毋宁说它更加接近向阳处。对我而言，气味中存在着具有特殊颜色的光芒，很多时候，我都将气味和颜色结合在一起，在心中产生相应的意象。

爸爸一周一次给我和妈妈居住的房子里送来生活必需品。

虽然我从来都没有确认过，不过，爸爸大概是个男人吧。妈妈提前将购物清单放进空罐中，爸爸看到清单后会在第二周的周三把东西送过来。

"周三的爸爸。"

我在心中这样称呼他。

爸爸到底是谁，妈妈没有告诉我。爸爸和妈妈从不交谈，爸爸也没有进到家里过。可能就像我失明一样，爸爸也有着身体机能上的缺陷吧。

爸爸大致在周三的傍晚过来,他将物品放在房子的后门旁,然后"哐哐哐"地敲三下后门。这就是爸爸到来的信号。听到声音后不久,妈妈就会将放置在屋外的东西拿进来。食材、卫生纸、创可贴、感冒药、肥皂、牙刷等都是爸爸送来的。

妈妈把东西拿进屋里后,大体上电话就会响起。铃声持续一段时间,不久就会自动切换到留言模式,里面录制了奇妙的声音。我无法听清楚其中的内容。那声音就如同初冬时节刮起的凛冽北风。

不过,妈妈似乎能听清里面的内容。听完之后,她总会嘟囔一句,那是爸爸的留言。

除了爸爸,再没有人打来过电话。所以,我一直觉得电话这种东西,原本就只能连接特定的两个人。

我难以充分理解"时间的流逝"这种感觉。不过,硬要说的话,爸爸就是时钟的短针。爸爸的到来让我认识到这一天是周三,我也能借此感受到一周时间的流逝。

如果说爸爸是我的时钟短针,那么黑歌鸟[1]就是我的时钟长针。

对,就是黑歌鸟合唱团!

黑歌鸟合唱团的合唱让我认识到清晨的来临。

失明的我很难通过光线的强弱变化,来感知清晨和夜晚的到来。

---

[1] 一种叫声悦耳动听的鸫科鸟。分布于欧洲和亚洲。——译者注

不过，黑歌鸟代替了我的眼睛，通过吟唱让我感知到清晨的气息。

黑歌鸟就是我的时钟。听到黑歌鸟的歌声，我就可以知道早晨到来了。

永恒的庭院，对黑歌鸟合唱团而言，是个绝佳的舞台。黑歌鸟就像竞赛歌喉一般，在永恒的庭院里展示着优美的歌声。状态好的时候，它们也会在傍晚时分飞来吟唱。所以，通过它们我不仅能了解到清晨的到来，也能了解到傍晚的到来。

不过有一个问题，就是在阴天和雨天的时候，黑歌鸟合唱团会停止活动，于是，我就听不到它们的优美歌声了。黑歌鸟不仅让我意识到清晨和夜晚的到来，也让我了解到当日的天气情况。它们是一群值得依赖的存在。

黑歌鸟没有欢唱的早晨，妈妈会给我播放唱片，以此让我了解到早晨的来临。唱片中流淌出的，主要是平缓柔和的钢琴曲。妈妈很喜欢钢琴的声音。

清晨就开始播放钢琴曲的日子里，妈妈的心情会比平日愉快许多。

教会我语言的人是妈妈。

某一天，妈妈给我买了一个笔盒。打开笔盒，可以发现里面有橡皮擦和几支削尖的铅笔。

"从今天起，我们开始学习吧。"

妈妈干劲十足地说。不过，我就像站在天空中听她说话似的，因为我沉醉在橡皮擦飘出的类似橘子和柠檬味的芳香中。我将橡皮擦拿到鼻子旁,尽情地嗅它的气味。

最让我痴迷的是词语学习。

某一天,妈妈把一团棉花放在我的手心,说:

"永恒,试着慢慢地、轻轻地捏一捏。"

我按照她所说的,一点一点指尖用力,将棉花攥在手掌里。

"柔柔软软。永恒,能明白吗?这就是'柔柔软软'。"

妈妈这样说。

"柔柔,软软。"

我像确认似的,慢慢地重复着妈妈的话。

"是的,柔柔软软。你摸,它就是柔柔软软的。"

听到她这样说后,我觉得手中的东西确实柔柔软软的。感觉没有比这更合适的词语了。

环顾四周,我的身边有许多"柔柔软软"的东西。比如,妈妈的腿肚子;比如,烘烤前的面包;比如,我的嘴唇……

"激动不已"这个词立马就能理解。满足我心中经常存在的期待的心情就是"激动不已"。妈妈来到我的身边,我会激动不已。夜晚,睡觉之前,妈妈给我朗读书籍我会激动不已。吃我最喜欢的鸡蛋饼包饭的时候,我也会激动不已。

"滑溜溜"这个词也很简单,因为妈妈将一种名为"滑菇"的蘑菇,放在我的手中让我摸。妈妈似乎不太擅长区分"滑溜溜"和"黏糊糊",她只是煞有介事地从字面上说了"滑溜溜"的意义。不过,我非常喜欢"滑溜溜"和"黏糊糊"这两个词。

"滑嫩嫩"这个词也易懂,因为妈妈把我的手拉到她的大腿内侧,然后让我抚摩那里。

"滑嫩嫩。"

我这样说后,妈妈也重复了一遍。

我将自己的脸蛋贴在妈妈的大腿上,让同是滑嫩嫩的两个部位紧挨在一起。

"滑嫩嫩"可真是个让人开心的词啊。

可是,"明明亮亮""闪闪烁烁""默默不语"非常难,我无法立马理解。

至今我都难以理解"一步一步地"是什么意思。我不清楚我所想的"一步一步地",与其他多数人使用的"一步一步地",是否在形态上是一样的。所以,当我使用"一步一步地"的时候,我的肚子就像开了一个洞似的,让我陷入不安之中。

此外,我也无法理解与颜色有关的表达。

说起"红色",我弄不清楚"红色"和"橙色"之间有什么区别。"蓝色""黄色""紫色"这些词,最初听到时就像听外星人的语言一般让我束手无策。不过,妈妈耐心地教了我,所以我大致能明白它们的意思。

也不知道是什么原因,我很喜欢"深灰色"这个词。我感觉我一开始就能理解"深灰色"的意义。是妈妈首先把这个词教给我的。妈妈告诉我,这是过去的人们穿的丧服的颜色。丧服?我进一步问道。妈妈停顿片刻后说,就是自己所爱的人或者亲近的人去了远方,因为不能再次相见而被悲伤包裹时穿的衣服。

关于这一点,当时的我自然无法理解。我爱的妈妈会永远待在我身边的。不过,我感觉在我遇到"深灰色"这个词之前,我就已经了解深灰色了。大概深灰色和我是前世的朋友吧。

因为好读书的妈妈经常为我朗读书籍,所以即便身处家中,我也可以进行各种旅行。一个国外的故事让我了解到一种名为"黑歌鸟"的、身体两侧长着翅膀翱翔天际的生物。

我基本上在睡前进行旅行,但偶尔也在阳光中进行。或是以日本为舞台的故事,或是以外国为舞台的故事,或是以架空的国家为舞台的故事,类型林林总总。有当今的故事,有过去的故事,也有未来的外星人出场的故事。

书籍也是爸爸每周三送来的。

毫不夸张地说,之前我都是片刻不离地和妈妈待在一起。恰如雪地巢穴中一起过冬的熊妈妈和熊宝宝似的,我和妈妈两个人待在小房子里,长期不外出。我一直觉得这是理所当然的事。只要妈妈能为我待在家中,我就会感到很满足。

所以，当妈妈告诉我，我要独自看家的时候，我完全无法理解究竟发生了什么。正好是我，或者应该说是妈妈，读完主人公化身为鳄鱼的故事时，我被告知这件事的。

"那么，接下来妈妈不得不去工作了。"

妈妈的语气如此平实，感觉就像自言自语道："已经下雨了，必须把衣服收进来。"

"工作？"

"嗯，为了能和永恒生活下去，妈妈决定去工作。"

那时，我几岁呢，准确的年龄我也不知道。因为我只有周三的爸爸和黑歌鸟合唱团这两根时钟的指针。黑歌鸟合唱团的成员们告知我清晨的到来，于是我吃早、中、晚三顿饭，然后睡一觉，又听到了黑歌鸟合唱团的声音，就这样循环到第七次，周三的爸爸就来了。

对我而言，时间的流逝仅仅就是这样的。更加细化地分割时间无甚意义，比如一秒、一分，甚至一个小时，对我来说，都是没有必要的时间单位。

我从来没有想象过妈妈会出去，会离开我。

"不可以，绝对不可以！"我这样吵闹着，"妈妈要是出去，永恒也要一起去。永恒会像个乖孩子等着妈妈的。"

我一边回想着在某个国家经常和主人一起行动的聪明狗狗的故事，一边这样说。我想，如果那只狗狗可以做到，那么我也肯定可以做到。但是，妈妈不同意。

"这不可以,永恒。你要明白,妈妈必须去挣钱。"

"钱?"

之前,"钱"这种东西只出现在故事里。为了说服我,妈妈这样说:

"没有钱就不能在社会上生存下去。你肯定能乖乖地看家,是吗?而且,妈妈只在永恒睡觉的时候工作,当永恒睡醒的时候,妈妈肯定已经回来了。那时,妈妈会做永恒最爱吃的鸡蛋薄饼。"

受到"鸡蛋薄饼"这个词的引诱,我有些心动。不过,还是无法完全消除心中的不安。我用力握紧妈妈的手臂。

"没关系。我拜托爸爸,让他送来了睡美人药,另外还有尿不湿。"

"尿不湿?只有小婴儿才会穿尿不湿。那样的东西,永恒绝对不会穿!"

现如今说什么穿上尿不湿,简直就是在羞辱我。为了能让我一个人去洗手间,在家里想了一些办法的,不正是妈妈吗?

"不要说任性的话。拜托了,为了永恒在睡觉的时候不用去洗手间,你就穿上尿不湿吧,这样妈妈才能安心。"

"妈妈喜欢永恒吗?妈妈爱永恒吗?"

现在,我想当场确认妈妈的爱。

"这还用问吗,永恒?在这个世界上,妈妈最最喜欢的就是永恒了。妈妈对永恒的爱,比大海更加深邃。"

在妈妈的催促下,我不情愿地脱下内裤,然后穿上了尿不湿。感觉硬邦邦的，非常难受。虽然我觉得这种东西根本就不需要，但是为了能让妈妈安心，我不得不妥协。

我就这样穿着上衣和尿不湿躺在床上。

"好的，张开嘴，啊——"

张开嘴后，妈妈将某个东西放在我的舌头上。它是一种微凉的圆形固体。

"妈妈很快就回来了。可爱的、可爱的、可爱的永——恒儿，晚安。"

还没有听完妈妈说的话，我就已经坠入深深的睡眠中。

只有在睡前念书的时候，妈妈才会拖长了音说"永——恒儿"。我简直太喜欢听这个声音了。

当我睁开眼时，妈妈已经回到家中。似乎是为了弥补夜晚妈妈不在身边的遗憾，我能更加强烈地感受到妈妈的气味。妈妈的气味有了清晰的形状，我甚至能看到它的轮廓。

"妈妈？"

我依然躺在床上，这样呼唤着。

"啊，太好了。"妈妈走到我的身边，抚摸着我的脸蛋说，"妈妈刚才非常焦虑，要是永恒一直这样醒不来该怎么办呢？"

"黑歌鸟合唱团有吟唱吗？"

我问。

"你在说什么啊,永恒?都快要到中午了。"

也就是说,我没有注意到黑歌鸟合唱团的合唱,而一直睡到了现在?这种事之前从来没有发生过。感觉我就像在一瞬间完成了看家任务。我暗自感叹一句,这也太简单了吧。

不过,问题存在于其他方面。

"那么,永恒你把尿不湿脱下来吧。你自己可以脱下来,是吧?"

这样说后,妈妈快步下到一楼。在妈妈说这些之前,我已经忘记自己正穿着尿不湿。

尿不湿变得沉甸甸的。右腿,左腿,就这样交错着脱下了尿不湿,换上了内裤。不知道为什么,我的内心产生了一股强烈的空虚感。不过,即便把这样的心情告诉妈妈,她也肯定不能理解吧,于是我放弃了。所以,我没有将任何与尿不湿有关的事告诉妈妈。

按照之前的约定,妈妈午饭给我做了鸡蛋薄饼。我非常喜欢吃鸡蛋薄饼。妈妈在我们平时吃饭的餐桌上铺好了桌布,她显得兴高采烈。

我在妈妈做的鸡蛋薄饼上,厚厚地涂上一层槭糖浆和黄油。然后,暂且侧耳聆听槭糖浆浸入鸡蛋薄饼时发出的声音。我的手指在鸡蛋薄饼的边缘弧线和表面上的焦痕处画着,而且让指尖压着完全被槭糖浆浸透的鸡蛋薄饼的正中央,以此来确认它的触感。最终,我将它送到了口中。

妈妈做的鸡蛋薄饼非常松软,宛如在窗边晒太阳时感受到的气味。

平日里她都是烤四块,我和她各两块,可是这一次我多吃了妈妈的一块,所以总共吃了三块。

吃了妈妈做的鸡蛋薄饼后,我通常都想进入梦乡。对我而言,鸡蛋薄饼就是让人变得幸福的药品。

"永恒,你没有吃早餐就直接吃午餐了。"

站在我身后的妈妈,一边呵呵地笑着,一边这样说道。之后,我与妈妈一起泡了澡。

恰如日暮时分来到永恒的庭院,展露嘹亮优美的歌声的黑歌鸟似的,这一天,妈妈的心情十分愉快。

最开始是一周一次自己独自在家,后来就一点一点地增加到一周两次、三次。每当妈妈准备外出的时候,我都会心慌意乱,无法平静下来。化妆盒开闭的声音和口红散发出的气味,让我立即察觉到妈妈在为工作做准备。

离开家门的时候,妈妈总会说:

"无论谁来,即便是爸爸,也绝对不可以打开门,也不要回复对方,可以做到吗?"

然后,妈妈每次都没有忘记将糖果和睡美人药一起放进我的嘴里。这个糖果里面有蜂蜜,稍稍舔一下就有黏稠的蜂蜜流出来。将蜂蜜、睡美人药一起吞下后,我就立即进入了梦乡。

之后,当我从梦中醒来时,妈妈早已回到了家中。一直都这样。

我只要睡觉做梦就可以了。

梦!

对了,我能做梦。

匪夷所思的是,当我做梦的时候,我能够感知到光。虽然没办法解释清楚,但我的梦境中充盈着色彩,在我梦中的视野里,色彩缤纷的世界张开双臂等待着我,热情地欢迎着我。

我可以自由自在地飞翔、跃起、蹦跳,有时甚至可以翻滚。在现实世界里,每向前挪一步,就必然要去刺激脚掌的神经,不过,在梦中完全不需要这样做。

梦中的我,逍遥自在。

梦中,我可以将裙子的下摆卷在公园的单杠上,然后向前翻转,也就是所谓的"裙子回旋"。这时,无比的喜悦,以及整个世界都在旋转所带来的冲击,让我在梦中大笑不止。

妈妈开始工作之前,我和妈妈过着清晨在黑歌鸟合唱团的合唱声中醒来、晚上早睡不熬夜的生活。至少,我自己的生活是这样的。

可是,这样的生活节奏逐渐变得紊乱。喝了睡美人药后,有时我会睡到第二天的傍晚;休息日,无论黑歌鸟怎么拼命地啼鸣"要起床了",妈妈都不会起床。黑歌鸟合唱团的合唱也是我内心的声音。

那时,妈妈用困倦、沉闷的声音对我说:

"永恒，抱歉，你能自己随便弄些东西吃吗？"

说要我自己随便弄些东西吃，但是我根本看不到啊。妈妈似乎忘记了这个事实。我无法像妈妈那样站在厨房里用火煮饭。而且，禁止我去厨房的，原本就是妈妈。她说，那太危险了。如果酿成火灾就糟糕了，所以妈妈绝对禁止我在厨房里用火。

"好的。"

我简短地回答后，打开了厨房里的收纳架，从里面找出了我经常吃的炒面味的方便面。我打开盒盖，取出调料包和酱汁包，然后倒入开水。开水是用电水壶烧的。我高度集中鼻子里的神经，当闻到诱人的气味时，我就将调料、酱汁随便地混在其中，然后开始吃起来。

吃了方便面的第二天，我必然拉肚子。那一天要是再叠加上尿不湿，那就真是没有比这更糟糕的了。

当然，妈妈并非总是这样。在床上稍微休息后，妈妈就会再次恢复活力，而且，变得比之前更加阳光、更加唠叨。

某一天，妈妈冷不防地说：

"我们一起跳舞吧！永恒，今天是舞会日。"

"舞会？灰姑娘的舞会？"

我这样问。

"嗯，是灰姑娘的舞会。永恒肯定能找到帅气的王子的。"

妈妈说了句奇怪的话。

"永恒绝对不会结婚。永恒要永远、永远地和妈妈亲密地生活在一起。所以,永恒不需要什么王子。"

我这样说道。我确实是这么打算的。

"谢谢。永恒真是太体贴了。"

妈妈握着我的双手说。

"不过,今天还是要举行舞会。妈妈太想跳舞了。我们两个都要换上裙子。"

"裙子?我没有裙子啊。"

平日我都穿着由妈妈的旧衣服翻新后的衣服。

"没关系,永恒的裙子,妈妈立即就能缝好。"

于是,妈妈立刻着手缝制裙子,她的确在为我缝制裙子。之后,我与妈妈一起换上了裙子。

"好可爱!"

妈妈一边看着镜子里的我,一边带着感叹的语调说道。

我睁大双眼,想象着镜子中自己的面容。我再怎么触摸自己的脸庞,脑海里也无法呈现出具体的形象。所以,我时常急切地渴望了解自己的容貌。当母亲对我说"好可爱"的时候,我渴望的心情越发强烈地发酵了。

"妈妈也很可爱!"

我说。对我而言,妈妈是世界上最可爱的人。

"这个嘛……"

妈妈拉起我的手,说道。

妈妈将唱针放在唱片上,然后传来了舒缓的音乐。

"这是华尔兹。就把今天定为华尔兹日,我们一直跳到天亮。"

妈妈在我的耳边说。

"可是,灰姑娘必须在十二点前回家。"

我这样说后,妈妈像是自言自语似的说道:

"对啊,灰姑娘确实是这样的。永恒果然是个聪明的孩子。"

跟着妈妈的身体动作,我轻轻地摇晃自己的身体。时而骨碌骨碌地回旋,时而让两臂交叉。

我一直觉得舞会只出现在故事里。但是,在跳舞的过程中,不知道为什么我的内心变得愉快起来,我轻曼地舞动着身子,感觉自己幻化成了蒲公英的绒毛。

轻——飘飘,软——绵绵,轻——飘飘,软——绵绵。

华尔兹的旋律抵达我的耳畔。

与永恒的庭院里的树木交谈,是从什么时候开始的呢?

与以前一样,我的时钟里只有黑歌鸟合唱团的长针和周三的爸爸的短针这两根指针。另外,还要增加一种存在,这种存在告诉我如何划分一年。

某天,当我打开阁楼的百叶窗后,一团馥郁的芬芳轻轻地飘了进来。从妈妈之前给我朗读的故事中,我了解到,结婚的时候,新娘会在头上戴一种名为"面纱"的装饰品。当我闻到窗外飘来的芳香后,脑海里蓦地浮现出"面纱"这个词。这种芳香宛如精灵一般,悄悄地穿过百叶窗,给我戴上美丽的面纱。

之前我一直被告诫,不可以打开二楼卧室的窗户。其实,那里有封带封着,以防窗户被打开。不过,阁楼里的百叶窗,是家中我唯一能自由打开的窗户。那个时候,我将阁楼看成自己的房间,所以很多时间都待在那里。

多么芬芳的气味啊!

我一遍又一遍地做着深呼吸。像这样,每当我闻到香味的时候,就觉得自己在和树木进行交谈。这是我初次寻觅到妈妈以外的倾诉对象。

"妈妈,这个香味是哪棵树散发出来的呢?"

妈妈终于睡醒了,我向她问道。

"香味?"

"嗯,今天,我闻到了很香的气味,肯定是永恒的庭院里的某棵树散发出来的。"

"啊——"

妈妈发出还没睡足的声响后,一边打着哈欠,一边说道:

"这是瑞香,会在春天开花。"

"花?是花散发出的香味吗?"

"嗯,肯定是瑞香开花了。"

"那是一种什么样的花呢？"

我实在太想知道瑞香到底是一种什么样的花了。是大朵花，还是小朵花，有什么样的颜色，花瓣是什么形状的呢？妈妈却有点嫌麻烦地回答说：

"呃，是一种什么样的花呢？我忘记了。"

妈妈正式开始工作后，之前她精心制作的丰盛食物再也没有出现过，这也是无可奈何的事，我不得不放弃。但是，她不再给我朗读书籍这件事，对我而言，是难以忍受的痛苦。残酷的现实再一次摆在我的面前：我是一个不借助妈妈的眼睛，连一个字都读不了的不完整的存在。要是黑歌鸟能代替妈妈为我朗读，那该多好啊。

上一次妈妈为我朗读是在什么时候呢？我试着数爸爸到来的次数来回溯过往。一次，两次，三次，四次。这样说来，恐怕有一个月我没进行过旅行了。

"妈妈，拜托了，今天能为我读书吗？"

某一天，我站在妈妈的身后恳求道。无论如何我都无法抑制这样的心情。

"现在，我的手边没书，因为爸爸没有拿来书。"

"撒谎！"

我说。我是无意中反射性地这样说的。我一点都没有想要伤害妈妈，但是，一切已经晚了。

"妈妈没有撒谎！"

妈妈大声叫嚷着。

"妈妈绝对没有撒谎!"

随后,她抽泣起来。

"对不起。妈妈,对不起。"

我抚摸着她的后背,拼命地道歉。是我把妈妈弄哭了。是我让她悲伤了。这让我心如刀绞,内疚不止。

可是,无论我怎么道歉,妈妈都没有停止哭泣。

"对不起,妈妈,对不起。"

我拼尽全力地用手帕拭去妈妈脸颊上的泪水。

"是啊,都是妈妈不对。都怪妈妈,永恒才落到现在这个地步。是妈妈让永恒遭受了这些不幸,对不起啊!"

说完,妈妈号啕大哭起来。

妈妈对我道歉,让我觉得很难受。

"算了,书的事不要再管了。妈妈,求求你了,不要再哭了。看到妈妈哭,永恒也悲伤得要流出眼泪了。"

刚说完,我就悲痛起来。都怪我随口说了些任性的话,让妈妈陷入痛苦的深渊中。我深刻地反省着,恨不得跪伏在地上。

"永恒,对不起,像我这样的母亲,真是愧对你。"

妈妈把我紧紧地抱在怀里。

"不,都是永恒不对。妈妈根本没错。"

我说。带着不顾一切的语气。

"谢谢，妈妈很爱永恒。只要永恒在身边，妈妈什么都不怕了。"

妈妈微温的气息传到我的耳朵里，感觉痒痒的。我努力忍耐着这种痒痒的感觉。我想和妈妈一直这样依偎着。

"永恒也很喜欢妈妈，也很爱妈妈。"

我说。不过，我感觉我的心意有一半并没有传达给妈妈，这让我焦虑不安。

"没关系，妈妈会努力的。为了能和永恒幸福地生活下去，妈妈也必须努力。"

妈妈终于停止了哭泣。

"所以，之后永恒也要稍微忍耐一下。再过一小段时间，妈妈又能待在家里，和永恒在一起了。"

听到妈妈这样说，我多么想高声呐喊啊！我实在太希望回到妈妈一直在家中，早上在黑歌鸟合唱团的合唱声中醒来，然后妈妈为我制作鸡蛋薄饼的日常生活中了。如果不存在独自看家、尿不湿和睡美人药，如果平和、规律的时间能再次在家中流淌，这样的可能性如果存在，无论什么我都愿意忍受。

回首往昔，妈妈的喜怒哀乐大概是从那个时候变得剧烈起来的。

那个时候，妈妈经常说自己因为焦虑而睡不着觉。

"永恒可真好啊，能够美美地睡一觉。妈妈太羡慕你了。"

妈妈说。

"妈妈，你睡不着吗？"

因为焦虑而睡不着觉到底是怎么一回事呢？我难以理解。无论什么时候，我都能像物体坠落一般酣然入梦。

"需要永恒给你数羊吗？"

很久之前，妈妈给我朗读的绘本里，有一则故事讲的是在睡不着的夜晚数羊。

"对于妈妈的失眠，羊是不起作用的。"

"那睡美人药呢？"

我说。

"当然，那个老早我就试过，不过，一次吃了很多粒，几乎没什么效果。而且，那个是预备着让永恒独自看家时使用的。"

妈妈说。

"永恒即便不吃睡美人药，也能乖乖的。"

我这样说。吃了那个东西，第二天我的头肯定会变得昏昏沉沉的，如果可以的话，我不想再吃那个东西了。

"不可以，不可以不吃睡美人药。妈妈非常非常担心永恒。独自看家的时候，永恒必须美美地睡一觉。"

妈妈极其严肃地倾诉着。所以，我只能接受她的好意。

"对啊，睡美人药是永恒独自看家时的必需品，要是没有了，那可就难办了。"

"是啊。"

妈妈得意地说道。

"一定要珍惜睡美人药。"

对了，我突然想到，曾经有一次我刚睡醒，妈妈就猝不及防地将一个花环戴在了我的头上，让我大吃一惊。

"永恒，感觉怎么样，漂亮吧？这是妈妈半夜在永恒的庭院里做的。"

我缓缓地抬起双手，小心翼翼地用手指触摸花环。

"有白色的大波斯菊、粉色的大波斯菊，以及橙色的花。和永恒简直太配了。"

我想更多地了解这个花环，于是，我轻轻地用双手将它举起，从头上取了下来。随后，我将鼻子靠近花环，用力地嗅它的气味。此时，不知道为什么，我感觉自己可以朦朦胧胧地看到花环的样子。

"可以照照镜子吗？"

我说。然后，我小心谨慎地拿着花环以防它掉在地上，同时向挂有镜子的走廊走去。可能仅仅是错觉吧，想象一下自己在镜中的样子，不知道为什么，形象就变得鲜明起来。

站在镜子前，妈妈将我手中的花环拿了过去，然后像王子对公主做的那样，恭恭敬敬地将花环再一次戴在我的头上。

"妈妈，你也试着戴戴。"

我说。我觉得妈妈肯定比我更适合这个美丽的花环。

"不了，它不适合妈妈。而且，它很小。妈妈就不戴了。"

妈妈就像往后退似的，这样说道。我真的很想让妈妈戴上这个花环，但是如果强迫她，她那好不容易平复的心情可能又要被我刺激了。出于恐惧，我保持沉默，没有再多说什么。我想，或许这才是正确的做法。

那一整天我都戴着妈妈给我做的花环。

夜晚睡觉前，花朵已经全部枯萎了。不过，就像一整天嘴里含着槭糖浆似的，我的内心非常满足。

妈妈为我采集永恒的庭院里的花草制作花环，这是第一次，也是最后一次。

"永恒，我给你带朋友来了。"

某一天，妈妈这样说后，把她介绍给了我。

"朋友？"

我刚睡醒，头脑还有些昏沉。另外，我想尽快换掉因为湿透而变得沉甸甸的尿不湿。可是，妈妈似乎想要早些把朋友介绍给我，所以将取下尿不湿的事往后拖了。

突然对我说朋友的事，我有些困惑不解。而且那时我认为自己不需要朋友。因为妈妈就是我的贴心朋友。有永恒的庭院里的植物作为我的交谈对象，也就足够了。然而，妈妈在毫不了解内情的情况下，将朋友带来了。

"永恒,明白吗?这是朋友。"

触摸妈妈以外的人的脸庞这还是第一次。我为了不吓到朋友而轻轻地向朋友的脸庞伸去双手,然后柔和地抚摸着。此时,我真切地感受到自己的瞳孔存在于自己的手心里。通过手心的抚摸,我能够"看到"多数东西。

朋友一动不动,只是静静地忍耐着我的抚摸。

这位朋友有长长的睫毛,也有眉毛。感觉她的身材要比我好。

"永恒,给这位朋友起个名字吧。"

妈妈等着我对这位朋友进行一遍粗略的鉴定后,这样说。

"让永恒起?"

"嗯,永恒给她起个好听的名字吧。"

妈妈从背后抱紧我,用甜美的声音这样说。由于太痒,我的身体不自觉地扭动了一下。朋友总算坐在了阁楼里的沙发上。

之后我才知道这位朋友穿戴整洁,而且她确实穿有内衣,胸部也软绵绵的。

我再次抚摸朋友的头发,同时思考着名字。妈妈让我给朋友起名字,我会欣然行动起来。朋友的耳朵也有耳洞,鼻子也规规矩矩地有着两个窟窿。对于我的鉴定似的抚摸,朋友只是默默地忍耐着。

"洛斯玛丽[1]。妈妈，就给她起名为'洛斯玛丽'吧。"

我说。一旦决定后，便感觉一开始就没有其他名字更适合她。

"啊，这个名字真好听！"

妈妈抚摩着我的头发说道。

洛斯玛丽是我喜欢的香味之一。妈妈为我做饼干的时候，偶尔会加入洛斯玛丽。

从那天起，我和洛斯玛丽成了朋友。不过，直到很久很久以后，我们才成为情义深厚的"密友"。

可是，再怎么样我都无法像喜欢妈妈那样喜欢洛斯玛丽。首先，无论我怎么跟洛斯玛丽搭话，她都不会理睬我；其次，她也没有妈妈那样温煦。洛斯玛丽的脚尖总是冷冰冰的。

不过，洛斯玛丽的身体软绵绵的，她的整个身体感觉就像果汁软糖。

所以，当妈妈没有陪伴在我身边，而让我感到孤独无助的时候，我就会来到洛斯玛丽的身边，然后将自己的头搭在她的大腿上，不知疲倦地、不知疲倦地仰望着百叶窗那一侧的广袤天空。

洛斯玛丽并不能给我带来超越妈妈的安心感。和洛斯玛丽那样待在一起，我反而愈加强烈地感受到孤独无依，而且这样的情况并不

---

[1] 即植物"迷迭香"。双子叶植物纲唇形科迷迭香属植物灌木。性喜温暖气候，香味浓郁。——译者注

少见。

尽管如此，有时我们还是在沙发上依偎在一起，共同度过一段时光。这种情况通常发生在妈妈忙于工作而无暇给我读书的时候。

就这样，我的初吻也献给了洛斯玛丽。

仅仅一次，我的嘴唇和洛斯玛丽的嘴唇重合在一起。

那个时候，妈妈的身体状况渐渐好转，她再次开始给我朗读书籍。书中有一个情节描写的是，主人公与自己的恋人在湖畔初次接吻。

傍晚时分的湖水熠熠闪光。天鹅在湖面上优雅地游弋着。

恋人不禁向主人公说，好美啊。就在这时，主人公的脸靠近自己的恋人，两人轻轻地将嘴唇重合在一起。

妈妈给我朗读这个场景的时候，我能感到我的心一直在扑通扑通地跳。肚子下方痛痛的，不知道为什么，总有点坐立不安。那一夜，我少有地难以安然入眠。

亲吻究竟是什么东西呢？我很想知道。

我无法抑制自己的好奇心，第二天，我上到妈妈晾晒衣物的阁楼里。洛斯玛丽正坐在沙发上，于是我坐在了她的身旁，将她的头发分开，让我的嘴唇靠近她的嘴唇。

我一边回忆着昨天听到的故事，一边幻想着自己和洛斯玛丽坐在湖畔的长凳上，然后我亲吻了她。我没有体会到期待中的感觉，但是，洛斯玛丽的嘴唇慢慢变热，不久就和我的嘴唇有着同样的温度了。

十岁生日时的情形，如今依然历历在目。那一天，从早上开始就能感觉到这是极其特别的一天。

我睡醒后，发现已经从工作地点回来的妈妈正站在厨房里做什么东西。五光十色的温热蒸汽，像毛毯一样轻柔地包裹着我。

"早上好！"

我这样寒暄后，妈妈突然说道：

"永恒，生日快乐！"

"生日？"

之前我的人生里，根本就不存在生日这种事。所以，我不明白它的意义。

"今天可是永恒出生的纪念日啊。妈妈呢，十年前生下了永恒。十年前的今天，妈妈和永恒结下了'永恒之爱'。"

不过，即便她说了这些，我还是无法理解生日的意义。就在我发呆的时候，妈妈又说道：

"给，这就是妈妈为永恒准备的生日礼物。"

随后，她递给我一个大包裹。

"打开看看。"

妈妈凑到我的脸旁说道。

我蹲在那里，把礼物放在地板上。虽然我想早点脱掉尿不湿，不过在这之前还是先打开礼物。光滑的包装纸上面系着一条丝带。

"是什么颜色的丝带呢？"

我这样问。

"是永恒最——喜欢的颜色！"

妈妈用兴奋的声音说道。根据她的回答，我判断丝带是黄色的。

那个时候，我很喜欢黄色。之前妈妈告诉我，黄色是太阳公公的颜色。把手掌伸向太阳公公，就会有暖洋洋的感觉。黄色这种颜色很容易想象。我喜欢的鸡蛋饼包饭里的鸡蛋是黄色的，蒲公英是黄色的，洛斯玛丽穿的内衣上面也缝着黄色的纽扣。

起先，我用手掌把玩着系有似乎是黄色的丝带的礼物。随后，手摸索着找到了丝带的一端，并慢慢地拉开它。

转眼间打结处被松开，丝带失去了之前端庄的仪态，成了一条散漫的绳子。

我花费时间凭自己的力量解开了牢牢系在一起的结扣，然后从包装纸上取下了丝带。我不想剪断精心缠绕的长丝带。

想要顺利地撕掉包装纸上的封条和胶带是非常困难的，不过我还是依靠自己的力量解决了。包装纸里出现的，是一条有着光滑的泡沫般手感的连衣裙。

"怎么样？妈妈觉得肯定很适合永恒。妈妈可是细细地挑选的。"

妈妈一边拨开我的刘海儿，一边在我耳边低语道。

我在地板上展开连衣裙,然后确认它的整个外形。袖子较短,它像花蕾一样柔软。裙子的质地给人一种黏黏的感觉,如同触摸平滑的水面。裙子的领口处带有蕾丝般的领子,这让我回想起之前妈妈给我制作的花环。裙子袖口处的蕾丝有着天真烂漫的花草般的手感。此外,裙子的胸前竖着缝有许多条荷叶边。

"我太喜欢这条连衣裙了!"

我心荡神驰地说道。

"啊,太好了,这下我可放心了。妈妈一直在担心永恒会不会喜欢呢。"

妈妈抚摸着我的脸蛋说:

"这条裙子肯定很适合永恒!"

我特意没有问妈妈裙子的颜色。虽然有些在意,不过我还是觉得无论什么颜色都无所谓。我感觉既然是妈妈挑选的,那么肯定是灰色的连衣裙。因为这是最适合我的颜色,而且,妈妈最喜欢的颜色也正是灰色。

此外,妈妈还在餐桌上摆了一桌的美味佳肴。在这期间,我换了衣服,脱了尿不湿,梳了头发。庆贺生日这样的事,在某种程度上作为知识,我是了解的,但是,对于我自己也有生日这样的事实,我不免惊愕:这难道是真的吗?

用湿毛巾认真擦拭脸部的每一处肌肤时,我蓦地想到,妈妈应该也有妈妈的生日啊。可是,我从来没有听过妈妈说起她妈妈的事。

尽管如此，我还是无法真正理解十年的时间长度。黑歌鸟合唱团要告知几次清晨的到来、周三的爸爸要几次敲响家门才能度过十年的时光呢？我无法想象。猝不及防地对我说十年时光，我只能望着天空，束手无策。我完全没有产生度过了十年时间的实际感觉。

餐桌上如同花田一般五彩缤纷。

"这是无花果沙拉，这是蘑菇汤，还有永恒最喜欢的鸡蛋饼包饭。这个鸡蛋饼包饭啊，可是生日特制版哦。之后还要做甜点。"

妈妈用跃跃欲试的口吻这样说。

"对了，对了，还必须有音乐。"

妈妈拨动唱片机的唱针，让其轻触唱片。

于是，我的十岁生日庆祝会，就这样突如其来地开幕了。其间，妈妈说，"对了，既然是生日庆祝会，就必须把朋友叫来"，然后，她匆匆忙忙地从阁楼上领来了洛斯玛丽。

洛斯玛丽静静地凝视着我和妈妈亲密无间地吃饭的情形。洛斯玛丽不吃不喝，只是一直张着嘴，一动不动地伫立在我的身旁。她无论如何也不能将嘴唇闭紧。

妈妈为我做的甜点，是巧克力蛋糕。在放入烤炉之前，厨房里就已经弥漫着香甜的气味了。

烤炉烘烤巧克力蛋糕的时候，我反复进行了很多次深呼吸。我闻到一股比永恒的庭院里的树木发出的香味更加强烈的，让脑髓都溶化的气味。我蹲在烤炉的门扉前，幻想着里面的巧克力蛋糕。

"永恒,危险,不要再往前靠近。"

想要更加强烈地感受到巧克力蛋糕的香味,不知不觉间,我和烤炉的距离缩短了。每到这个时候,妈妈就会急切地提醒我。不过,说出这些话的妈妈的声音里,也带着巧克力般的甘甜香味。

妈妈表现出了与往日不同的温柔态度,宛如微风。妈妈就在我伸手可及之处,这样的现实给我带来了莫大的安宁感。

这可真是幸福啊!十岁的生日本身就是最好的礼物。

巧克力蛋糕顺利烤好后,在等着它变凉的过程中,妈妈剪齐了我的头发,还和我一起泡了澡。妈妈像往日一样,认真地清洗了我身上的每一寸肌肤。我将刚剪好的头发泡在洗发液产生的泡沫里,同时享受着身处梦境似的精神恍惚。

"生日快乐,永恒儿!生日快乐,永恒儿!

"生日快乐,我亲爱的永恒儿!

"Happy birthday to you!"

蹲在我身后的妈妈,一边为我洗头发,一边兴高采烈地这么唱着。到了这个时候,我也有自己的生日这样的想法,才彻底融入我的肌肤里。没有任何怀疑,我非常明确从今天开始我就十岁了。

生日是多么馥郁芬芳的一天啊,当我陶醉于其中的时候,妈妈提出了一个想法:

"那么接下来,就要出去了。"

出去?我的内心一下子涌入乌云。我条件反射似的脱口而出:

"不要！"

我觉得自己又不得不一个人看家。在这样美好的日子里，居然要与妈妈分开，一个人看家？这是绝对不可能的。

妈妈似乎察觉到了我的误解，她用柔和的声音说：

"永恒不和妈妈一起出去玩吗？"

"一起？"

我不禁转过头，凝望着妈妈的脸庞。

"是啊，接下来我们换好衣服，一起去照相馆吧。因为这是我们两个人的纪念日。怎么样？你觉得好吗？"

妈妈一边将分散在我头顶的泡沫聚拢在一处，一边这样说。

"那么出去之前，可以先吃巧克力蛋糕吗？"

我对自己的误解稍有些羞愧，所以掩饰似的特意这样问道。

"当然可以。"

妈妈立即回答了我，她还用温柔的声音补充道：

"今天一天我都会和永恒在一起。绝对不会从永恒的身边离开。"

"我太——喜欢妈妈了！"

我转过身，紧紧地抱着妈妈。我的脸紧贴在妈妈的乳房上。此时，我被一种无与伦比的安心感包裹着。

离开浴室，只穿着内衣，妈妈为我吹干了头发。看到我变短的发型，妈妈不断地夸赞我好可爱。妈妈为我剪头发的这一天，我总是觉得自己的头变轻了。

吹风机的热风将我的头发彻底吹干后,妈妈对我说:

"好的,那么接下来永恒就给妈妈展示一下穿连衣裙的样子吧。"

莫非今天就可以穿那件连衣裙吗?我还以为要很久之后才能穿它。

"现在就穿,没关系吧?"

我抬头望着妈妈,战战兢兢地问。

"当然没关系啊。因为妈妈就是为了让永恒穿,才挑选这条连衣裙的啊。"

随后,妈妈穿过我的头将连衣裙整个套在我的身上,又帮我拉上了拉链。我想象着自己的手臂穿过了鼓起的袖口,由于太过喜悦,我不禁想要跳起来。

"永恒,拜托了,安静点。后边的丝带都没法顺利打结了。"

妈妈一边在我的后背打着蝴蝶结,一边笑着说道。感觉只要用手指轻轻地碰触胸前的裙褶,就能从那里奏响美妙的乐音似的。对之前总是穿妈妈的旧衣服的我来说,这是唯一一件专门为我准备的崭新服饰。

因为不可以沾上污渍弄脏衣服,这一天,妈妈亲自把巧克力蛋糕送进我的口中。洛斯玛丽姑且也算是朋友,因为这个缘由,妈妈也给洛斯玛丽分了巧克力蛋糕,盛在盘子里。当然,洛斯玛丽没有吃。

"啊——,张嘴。"

每当妈妈催我张嘴,我都会得意地张大嘴,迎接巧克力蛋糕的到来。就像回到婴儿时期一样,让人有些不好意思,不过与之相比,还是因被妈妈溺爱而感受到的喜悦更强烈些。

"太好吃了!"

再怎么反复说好吃,我也没有把握是否准确地向妈妈传达了我内心愉悦的广度和深度。湿润的蛋糕中,隐藏着几颗樱桃。蛋糕里还添加了鲜奶油。

在妈妈送进我口中的小勺里,巧克力蛋糕、樱桃和鲜奶油均衡地搭配在一起。

"一次吃太多的巧克力,可是会流鼻血的哦。"

虽然妈妈说了这些,但妈妈是为了纪念我的十岁生日而特意为我做了巧克力蛋糕,所以无论有多少我都能吃下去。

其实,仅仅吃掉妈妈送到我嘴里的蛋糕,是不能让我满足的,我还把分给洛斯玛丽的蛋糕一扫而尽。只有在这个时候,我才会默默地感谢洛斯玛丽,她把巧克力蛋糕让给了我,使我体会到友情这种东西。

"那么,我们就要准备去照相馆了。"

就在我吃完洛斯玛丽的那一份巧克力蛋糕时,妈妈这样说。是啊,之后我就要和妈妈一起出去了。能和我最爱的妈妈一起出去,真是像做梦一般。

啊,对了,这就叫作"激动不已",我这样想着。幻想着回到家后又可以吃巧克力蛋糕，我就更加激动不已。我的胸腔仿佛因为"激动不已"这个怪兽的作祟，而裂开了。

妈妈也用心打扮了一番。之前只要察觉到妈妈为外出工作做准备，我就会被悲伤的情绪折磨。不过，今天并不是这样的。今天我可以和妈妈一起出去。

妈妈给自己化完妆后，让我坐在她的腿上，也给我化了妆。

"永恒的肌肤好滑嫩啊！"

妈妈一边在我的脸上搽着特殊的粉，一边自言自语似的说道。

"妈妈啊，过去一直想成为漂亮的女孩子的妈妈。所以，生下永恒，算是梦想成真了。"

这种特殊的粉里，散发出妈妈外出工作时的气味。妈妈还在我的眼睑上淡淡地抹了眼影膏。最后，她在我的嘴唇上涂了口红。

感觉我自己已经成了公主似的，我陶醉在对自己的容貌的幻想中。妈妈用梳子给我梳了头，还给我戴了发卡。

发卡上带有黑歌鸟的羽毛饰品。如果我的眼睛能够看到外界，那么我在镜子中看到自己的样子的瞬间，肯定会因为欣喜若狂而晕过去吧。可是，不知道是幸运还是不幸，那时我什么都看不到，只能在脑海里想象着自己的模样。

"好的，顺利完成。"

妈妈用满意的口吻说。

"我们走吧。如果不快一点，照相馆就要关门了。"

于是，我们匆匆忙忙地走向玄关。当她比我快一步穿上鞋子的时候，突然她发出了微弱的惊呼声：

"没有……没有鞋子，该怎么办呢？"

妈妈用一种近乎有气无力的声音嘟囔着。不久，我和妈妈醒悟到，这其实并不是什么问题。

最终，妈妈用胳膊抱着我出了家门。之前长期不外出的我，不仅没有自己的鞋子，甚至连鞋都没有穿过。在要求周三的爸爸送来生活必需品的清单里，从来没有写过我的鞋子。

因被妈妈抱着而感到心情愉悦，也就是出门后的那一段短暂的时间而已。因为外面的世界里，充斥着远超我想象的、来历不明的声音。

汽车的鸣笛声、摩托车的引擎声、狗的吠声，所有的声音都在叫着我的名字攻击我。太可怕了，太可怕了，我用尽最大的力气牢牢地抱着妈妈。我害怕只要和妈妈产生一点点空隙，那些声音就会硬挤进来，永远地将我从妈妈的身边拉开。

最令人恐惧的是直升机的声音。这么嘈杂的声音，我之前从未听过。直升机从上空飞过时，妈妈就在原地蹲下守护着我。她用自己的手把我的双耳堵住，试图尽可能降低噪声的音量。

"战争？"

我不禁在妈妈的耳畔随口说道。这可能是我在故事中读到的战争，如果是这样的话，我们要赶紧跑。

"没关系的,永恒。这不是战争,只是直升机发出的噪声而已。"

妈妈大声喊着,不愿自己的声音被噪声盖住。可是,她的声音终究敌不过直升机的嘈杂声。妈妈耐心地等待着噪声远去,之后,她把我背在了背上。

妈妈似乎有些焦虑,想着必须早点到照相馆,所以她像逃难似的开始小跑。我的心也随之七上八下起来。我只希望能尽早到一个安静的地方。

恐怖从身后追来,它潜入我的皮肤下,不断膨胀,并对我反剪勒颈。我感觉有几根噪声的锁链束缚着我的身体,让我连呼吸都无法顺利进行。每当我的身体发出"救救我吧"的无声悲鸣时,嘴角就会漏出呜咽声。

最终,妈妈将我背进照相馆的时候,我只是一味地哭泣。除了哭泣,我再也找不到任何表达此时感情的行为了。无论妈妈再怎么想让我坐在椅子上,我都不愿意离开妈妈的后背。也并不是我自己想这样,而是身体无法自由活动。每当妈妈想要从后背上把我拉下来,我都会紧紧地抱着她的脖子。

"请给我们照一张纪念照。"

妈妈用断断续续的语气对照相馆的人说。

最终,妈妈还是用双臂将我抱着。照相馆的叔叔向妈妈说明了照片的尺寸和费用。其间,我依然哭着。哭哑了声音,就继续用嘶哑的声音哭着。让我感到安心的地方只有妈妈的怀抱。妈妈的鬓角和脖子滴下了汗珠。

我再也不愿意踏入外面的世界了!

只有家,才是能让我舒心生活的地方!

我深切地感悟到这一点。我只希望尽可能早些回家。

"永恒,没关系的,放心好啦。"

妈妈反复说着这句话,同时还温柔地抚摩着我的背。那些噪声,不仅没有停止,反而愈加嘈杂地向我袭来。妈妈为了纪念"永恒之爱"的诞生,而特意带我来照相馆,我非但没有露出笑容,甚至还大哭大闹,最终,照相馆的卷门被关上了。

妈妈也无计可施,陷入不知所措的窘境。叔叔等得不耐烦而打起了哈欠。等待着我停止哭泣的耐心被不断耗损,不久就被消耗殆尽。

最后,妈妈只能背对着相机,坐在背景前的长凳上。

照相馆的叔叔摇响铃铛,吹响玩具喇叭,拼命想要吸引我的注意力。然而,铃铛和玩具喇叭的声音,让我越发陷入恐惧之中。

"要不要换个方向,再照一张呢?"

我记得照相馆的叔叔曾这样客气地对妈妈建议过。不过,妈妈拒绝了他的建议,她再次抱紧抽泣的我,然后匆匆忙忙地离开了照相馆。

我不知道我是否用语言准确地向妈妈表达了我对噪声的恐惧。不过,妈妈选择了与来时不同的道路回了家。这一点,我是通过道路散发出的不同气味，隐约察觉到的。因为回家的道路是沿着河边的步行道，所以能够稍微闻到河水的味道。比起来时的道路，这里更加静谧，我的心情也随之平静下来。

回家后，妈妈就让我那么躺在床上，没有卸妆，没有脱下连衣裙。恐怕脸上的大部分化妆品都被泪水带走了吧。当泪水流入嘴中，我能感受到一种与之前不同的、陌生的味道。

总之，我筋疲力尽。这可能是因为平时我不是一个爱哭的孩子，所以这次的痛哭严重消耗了我的体力吧。每当回忆起那恐怖的声音，我的身体都会颤抖不止。

妈妈就在身体不停颤抖的我的身旁，为我朗读《清泉》。我真的很想听到最后，但是我的眼睑很快垂了下来。明明没有吃睡美人药，我却像脚下绑着重石沉入湖底一般，被拖入深沉的睡眠中。

妈妈的声音，一点都不可怕，我这样想着。

这就是发生在值得纪念的十岁生日时的事。

第二天，黑歌鸟合唱团在永恒的庭院里举行了盛大的清晨演唱会，如同迟一天为我的生日送上祝福似的。然而，即便妈妈听到了那些歌声，她也没有起床。之后的第三天、第四天，妈妈都躺在床上。

这也许是因为妈妈好不容易领我去照相馆，我却号啕大哭，让所有事都变得一团糟吧。妈妈对我感到厌倦，并开始憎恶我了吧。

想象着这样的情景，我就不禁悲痛起来。

如果妈妈不再起床，那该怎么办呢？仅仅这么幻想着，我就坐立不安。

可能是妈妈生病了吧，我最好向别人求救。

就在那个时候，家的后门被敲响。

"哐哐哐"。

是周三的爸爸。我慢慢地站起来，然后，用脚尖拨开散落在地板上的乱七八糟的东西，蹑手蹑脚地走到后门旁。

如果是爸爸的话，或许可以帮助妈妈。但是，我不能发出声音。因为只有这一点是妈妈反复提醒我的——无论谁来，即便是爸爸来，也不可以回应。外出的时候，妈妈总会这样对我说。所以，我不能违背妈妈的命令。

爸爸的足音远去后，我暂且伫立在那里。随后，我轻手轻脚，尽量不发出任何声音地回到妈妈正躺着的那张床上，最终闭上了眼睛。

我来到厨房后，发现洗涤槽里堆积了大量需要清洗的东西。生日宴会的痕迹依然定格在我和妈妈外出时的状况，巧克力蛋糕也依旧摆放在桌子上。

肚子饿了，我就用手抓起巧克力蛋糕啃起来。我的大脑角落里做出了这样的解读：因为不知道这样的情况会持续多久，所以不得不一点一点地吃。不过，转眼间，巧克力蛋糕就被吃完了。

在这期间,我曾多次将手心伸到妈妈的鼻尖处,想要确认妈妈是否在正常呼吸。当我感受到淡淡的气流后,我安下心来。

我希望尽可能帮到妈妈,所以我收拾了凌乱不堪的厨房地板,将洛斯玛丽带回了阁楼上的指定位置,还清洗了堆叠在洗涤槽里的餐具和厨具。不过,失明的我能做的事有限,这也是无法回避的事实。

尽力做完自己能做的事后,我登上阁楼,和洛斯玛丽一起躺在沙发上,然后我仰望着天空。时隔多日后再打开百叶窗,湿润芳香的清风吹了进来,轻轻地抚摩、亲吻我的额头。作为回礼,我也亲吻了芳香的清风。这一次比之前与洛斯玛丽的亲吻,更加愉快、舒服。

妈妈最终从床上起来是在周三的爸爸来后,黑歌鸟合唱团又通告了三次清晨到来的时候。

"永恒,你在哪里?永恒?永恒?"

那个时候,我正躺在洛斯玛丽的身边,望着天空。强烈的阳光照在我的手掌里,让我大致察觉到今天肯定是个好天气。正是在这个时候,我了解到阳光里也有着淡淡的气味。

听到妈妈的声音后,我兴奋地跳了起来,然后小心翼翼地下楼梯,注意不要踩空,并向妈妈的床边走去。

"太好了。之前我还在想,要是妈妈就这样一直不醒来,永恒该怎么办呢?"

我刚开口这么说,妈妈就小声说道:

"别担心,那样的事绝对不会发生。因为永恒和妈妈缔结了'永恒之爱'。"

然后,她又说道:

"过来。"

妈妈将被子掀起来,于是我迅速钻到她的身边。然后,她用双臂紧紧地把我搂在怀中。

"非常抱歉,好不容易和妈妈外出一趟……"

只要想起之前的事,悔恨的泪水就充盈眼眶。

"永恒,别在意。能和永恒一起出去,妈妈觉得很幸福。"

"真的吗?妈妈真的觉得幸福吗?你不生永恒的气吗?"

由于恐惧,我还是没有问出:你不讨厌我吗?

"怎么可能会生气呢?"

妈妈一边抚摩着我的头,一边说。

"不过,我最喜欢的,就是能够和妈妈这样待在一起。"

比起外出,能够和妈妈待在一起,就是我最幸福的事了,我再没有其他奢望。我所发觉的这一点,或许可以说是此次外出的唯一收获。我不再渴望和妈妈一起外出了。

"这个家就是永恒与妈妈的城堡。"

对于妈妈的话,我不停地点头。

"永恒会一直待在家里。"

我像发出宣言一般这样说道。

"永远、永远和妈妈生活在这个房子里,好吗?"

"不管好不好,这里都是永恒的家啊。永恒的庭院就是永恒的所有物啊。"

妈妈这样说。然后,她像突然想到似的,顺口提到了爸爸。

"必须早点拿进来。"

因为在外面放了几天,爸爸送来的食材基本都变质了。尤其是黄油,已经完全熔化变形了。

"我之前还想着正好可以做松糕了。"

这样说着,妈妈哭了起来。在已经变质的食材前,妈妈不禁潸然泪下。我只能用手心拂去妈妈脸颊上的泪水,然后将其含在口中。妈妈的泪水,有着淡淡的甘甜,但是也有少许的苦涩。

"妈妈必须去工作了。果然没有钱,妈妈和永恒两个人是活不下去的。"

此后,这成了妈妈的口头禅。

从那以后,妈妈就像被鬼魂附体一般,全身心地扑在工作上。对我而言,独自看家、尿不湿和睡美人药又成了生活日常。最初我是那么抵抗穿尿不湿,但是慢慢地,不穿尿不湿我就会感到不安。而且,睡美人药当初吃一粒就可以酣然熟睡,渐渐地,吃一粒已经不起作用了。

外出之前,妈妈会在我的嘴里塞入三四粒睡美人药,多时甚至五粒。裹着蜂蜜的糖果已无立足之地，取而代之的是一杯水。

令人悲伤的是，我的身体慢慢长大，某一天，妈妈为庆祝我的十岁生日而送给我的连衣裙，我已经穿不上了。再怎么减少食量，再怎么缩起肚子，我的胳膊还是不能穿过连衣裙的袖子。

在日常的生活中，我没有穿这条连衣裙。可是，一旦穿上它，我就可以去某处旅行了。妈妈变得越发忙碌，给我朗读书籍的次数也骤减，现在能将我带向异世界的，只有这条连衣裙。连衣裙幻化成魔法地毯，将我带向遥远的苍穹。不过，现在我无法使用魔法了。

变小！把我的身体变得更小！

我像念咒语一般，每晚都祈祷着自己的身体能够变小。对我而言，最大的梦想，就是早上醒来发现自己的身体变小了。

从我穿不上那件连衣裙开始，妈妈就变得不太正常了。我只能用"不太正常"来描述她的状态。

妈妈外出工作后，我清洗了堆积在厨房洗涤槽内的餐具。清洗的时候，我一不留神将水洒在了地板上。之后，回到家里的妈妈的脚尖碰到了那一摊水。于是，必然地，她向我伸出了手。

妈妈什么也没有说，取而代之的是，她的手带着强烈的感情，伸向我的脸颊和头部。

"对不起！"

我大声道歉后，她的手反而打得更迅猛了。我蹲在地上，呻吟似的向妈妈道歉。一边道歉，一边请求她的原谅。我只是希望这一场暴风雨能尽快停息。其他的，我什么都没有想。虽然痛苦，但这种痛苦无法用"痛苦"这个具体的词来表述；虽然难受，但"难受"这种感情并不适合描述我的难受。总之，我希望自己能够消失，能够变成透明人超脱这一切。因为我发现这是最轻松的方法。

失明的我再怎么抵抗，也终究无法战胜妈妈。抵抗只能让事态更复杂，只能更伤害妈妈的感情而已。

另外，我也知道，暴风雨肯定会在某时停息的。

暴风雨停止的征兆就是妈妈开始忏悔：

"对不起，永恒，对不起。都是妈妈不对。永恒，原谅妈妈吧，原谅妈妈吧。妈妈愿意为永恒做任何事。"

妈妈每次都会流着泪这样对我说。

"妈妈没错。都是永恒的错。是永恒没有把洒出来的水擦干净，就让它留在了地上。"

到了这个阶段，已经忘却的痛苦又蓦地宣告自己的存在。我的手掌揉着疼痛的部位，以此缓解痛苦，另一只手则触摸着妈妈脸颊上的泪珠。我的裙子口袋里不再装有熨好的、洁净的手帕了。

"为什么永恒要这么温柔地对待妈妈呢？"

妈妈哭得越发伤心，她把头埋进了我的怀中。我将膝盖抬起来，让妈妈的头裹进我小小的怀中，同时我轻轻地用双手抱紧妈妈的头。

"永恒。"

"妈妈。"

"妈妈想成为一个更好的妈妈。"

"已经够好了,对永恒而言,妈妈是世界上最好的妈妈。"

所以请不要哭泣了——这样的话,我只能悄悄地藏在喉咙深处。我很清楚这个时候绝对不能催促妈妈,我只能耐心地等待暴风雨刮向绝不会再次折返的地方。

因为,暴风雨之后,必然有宁静来临。这是自然法则。

妈妈比平日更加温柔,也会满足我的期望。她又开始给我朗读故事了。

我紧紧地贴在妈妈的身边,和她躺在同一张床上,同时,夜以继日地在故事中旅行。侧耳,不,侧着全身,聆听着。这就是对我的嘉奖。

我沉浸在故事的世界里,已经彻底忘记那场暴风雨。妈妈的声音就是将我带进故事中的柔软细丝。

打开书扉时,妈妈总会对我说,请闭上眼睛。

其实我的眼睛早已闭上。

不过,妈妈每一次还会温柔地对我低语道:"请闭上眼睛。"

我轻轻地将心中的眼睑帷幕拉下。

于是,柔和的幽暗蹑手蹑脚地走来,将我带向不同的地方。

猛烈的暴风雨,甘美的蜜月。

它们就像背靠背的伴侣，交替登场。同时，我和妈妈也在相同的地方不断回旋着。

可是，再怎么等待，十一岁的生日都没有到来。也许生日这种东西，每十年只庆祝一回吧。不过，我也没有迎来二十岁生日。

不，或许原本我也没有到二十岁。我感觉不到时间的流逝，所以也不知道自己现在多少岁了。

时间，因为某件事的发生，才首次在对比中浮现出轮廓来。但是，这种能够让我感受到时间的事在我身上极其匮乏。虽然也不能说完全没有，不过我的人生中，本来就只有平坦无奇的时间，几乎没有起起伏伏的事件。

虽然脑子里也明白一岁两岁这种年龄累积的感觉，可一旦置于自己的身体上，就有些难以想象了。对我而言，现在我存在于这里的这个事实就是全部，对于这一点，我完全没有必要客观地观察或证实。

时间，并不像河中的流水，它只是存在于此的、混沌的旋涡而已。让后背漂浮在时而涌来、时而退去的波浪上，放弃抵抗，尽管放任手足，随意漂荡。偶尔被波浪冲向沙滩，整日都将身体置于阳光下。不久，波浪仿佛对我公主抱一般，又把我拉回广阔的大海。我想，对于所有人，时间就是这样的。

如果正确地记录下黑歌鸟合唱团的合唱及周三的爸爸的到来，那么大致是可以把握时间的流逝的。不过，我完全没有找到这样做的必要性。我的心中根本就不存在可以称之为"将来""计划"之类的东西。当然,我也不会为将来做计划。

不过,果然我还是无法明白,到底哪里出现了变化。为什么会变成这样呢?

思来想去,我仍然找不到答案。只有严峻的事实沉稳地端坐在那里。

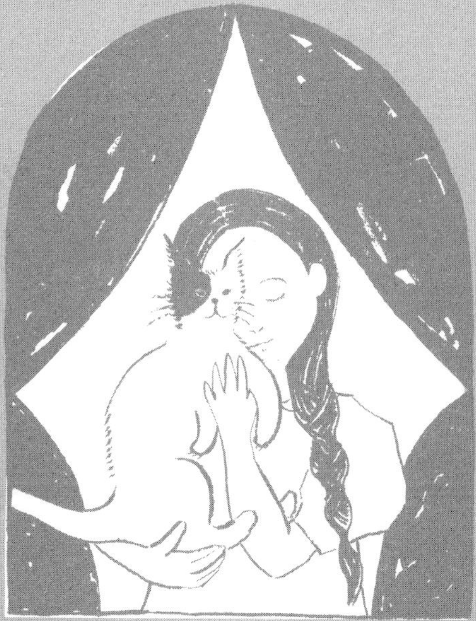

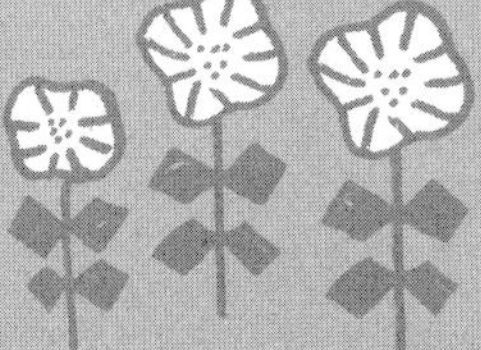

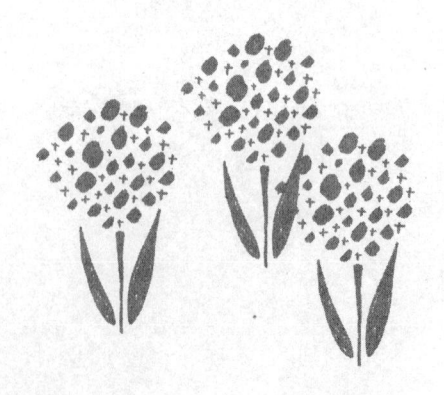

"可爱的、可爱的、可爱的永——恒儿，晚安。"

妈妈这样说后，像往常一样在我的嘴中放入了睡美人药。我已经想不起来当时具体放入的数量了，感觉是四颗左右。之后，她像把垂到我眼睛旁的刘海儿捋到耳后一般，对我的额头抚摩了几次。

闭上眼睛，我等待着睡眠之王像哼哈二将一般叉腿站立。睡眠之王用力抓紧我的手腕，将我带向睡眠之域。

那时，确实有睡眠之王驻扎在我的身体里。睡眠之王是使用稍显粗鲁的口吻对我发号施令，并支配我的睡眠的帝王。我不记得我有没有做梦。

在那之后，在黑歌鸟合唱团的合唱声中，我睁开了眼睛。可是，家中一片死寂。平日都是有日常生活的声音的，现在我就像被密闭在家中一样，听不到任何声音。

"妈妈?"

即便我大声喊,也没有回应。

"妈妈!"

与第一声相比,我稍稍提高了音量。不过,依然没有回应。吃了睡美人药然后睡醒时,妈妈却不在家,这样的事之前从未发生过。

"妈妈!妈妈!"

我在床上坐起身来,同时大声叫喊着。实际上,我知道如果我大声叫嚷,妈妈会变得精神异常,并将恐怖的手伸向我。可是,对我而言,妈妈不在家是更大的、不明所以的恐怖。

这样的静寂究竟意味着什么呢?在我十岁生日的时候,我明白了巨大的噪声对我而言无异于暴力,它们轻而易举地反剪我的双臂,让我无法呼吸。但是,彻底的静寂也让我陷入不安之中。

我的内心开始发虚,感觉就像只有自己一个人被留存在世间似的。轻微的生活杂音中混合着妈妈的声音,这样的情形是最让我感到舒心和安宁的环境。

我到底睡了多久呢,连我自己都不清楚。恐怕因为我睡得太久,妈妈又出去上班了吧。如果是这样,那么再怎么憎恨睡眠之王,也无法穷尽我的怨恨。

我下了床,向洗手间走去。随后,我脱了尿不湿,又换上了新的尿不湿。以前,除了独自在家的时间,我都穿着普通的内裤。不过,由于清洗滞后,我没有可以替换的内裤,所以平常也开始穿尿不湿。

这样的话，就不用特意辛苦地去洗手间了，在哪里都可以解决问题。周三的爸爸每次会送来尿不湿，所以不用担心短缺的问题。

现在要去洗手间是要历尽艰险的。我曾在书中听到过"荆棘之路"这样的说法，我觉得去洗手间真是一条荆棘之路。

从卧室去洗手间必须下楼梯，楼梯上散乱着各种东西。我抓着扶手，一边谨慎地用脚尖拨开这些东西，一边下着楼梯。不过，真正的问题此时才会出现，一个来路不明的塑料袋堵住了我的去路，使得我无法按照之前所设想的那样继续前行。有时，塑料袋会散发出异臭，还会传出咔嚓咔嚓的令人毛骨悚然的声音。

厨房也是一片混乱：不仅没有踏脚的地方，现如今甚至都很难轻易找到洗涤槽的位置了。

最后一次和妈妈一起进入浴室，让她帮我清洗身体和头发是在什么时候呢？我已经回忆不起来了。浴室里已经充斥着各种东西和塑料袋，如果不将它们移到其他地方，那么浴室就无法使用。

扔掉尿不湿后，我又爬楼梯来到二楼，随后，爬着更陡的楼梯上到阁楼。洛斯玛丽依旧坐在沙发上，用柔软的胸部接纳了我。

"玛丽……"

我小声呼唤着她，并询问道：

"妈妈在哪里呢？"

不过，洛斯玛丽依然没有回应我。我放弃了想要洛斯玛丽对我说点什么的期望，而是用手掌抚摩着她那略微隆起的乳房。不知道为什么，这样做能让我冷静下来。

我让洛斯玛丽的手放在我的胸前，我们互相抚摩着对方的胸部。洛斯玛丽的手有些冰凉，不过让她的手伸进我的衣服里，直接触摸我的胸部后，她的手慢慢地变得温暖、柔软。就在这样的过程中，仅仅短暂的一瞬间，我能够忘却妈妈不在家中的事实了。

与洛斯玛丽嬉戏片刻后，我突然果断地打开了百叶窗。

从窗户探出脑袋后，我终于弄清楚了。我刚才听到的黑歌鸟合唱团的合唱，并不是在告知清晨的到来，而是在告知一日的终结，也就是日暮的到来。清晨和夜晚的空气是不同的，这一点只要让脸直接接触空气就能一清二楚。

我把手伸向窗外，感觉外面淅淅沥沥地下着小雨。与其说是小雨，不如说更接近雾。我深深地吸了一口气，然后停止呼吸几秒，再一下子呼出一口气。这样做，或许就能把我的气息传给妈妈吧。

妈妈外出带伞了吗？也许由于下雨，妈妈正在某处躲雨吧。

我站在窗边反复深呼吸，这时我听到狗吠的声音从远方传来。"汪！汪！"撕心裂肺般的吠叫声。我也渴望像那样从身体深处大声呼喊，让妈妈知道我在这里。那只狗恐怕也是被迫独自看家吧。

"太好了。"

我对洛斯玛丽说。并不只有我们两个人被遗忘在世间。这让我稍稍松了一口气。至少，除了我和洛斯玛丽，这个世界上还有那只狗。感觉这只不知道名字、不知道样子的狗，成了与我们共享命运的同志。

水汽氤氲的夜风,让人心旷神怡。我的脸朝向天空,感受着细小的水珠。我让天空的泪珠洗涤我多日未曾洗过的脸颊。

到了清晨,妈妈肯定会回来的。一定是这样的。有可能是因为睡美人药的药力减弱,所以我才比平日更早地睁开眼吧。

回到家中的妈妈肯定会给我做鸡蛋薄饼吧。

吃的时候,我要在上面厚厚地涂一层黄油和槭糖浆。

吃完之后,妈妈还会给我梳头发吧。

随后,和妈妈一起进入浴室,她会为我清洗身体的每个部分。

妈妈还会一边用吹风机吹干我的头发,一边心情愉悦地为我唱歌吧。大概她会将我的头发分为两半,并各编三条漂亮的辫子吧。

于是,我和妈妈躺在床上,她给我朗读故事。这个家里又恢复了往日的静好。妈妈回来后,一切肯定都会复原吧。

"哎,玛丽,你也是这么想的吧?"

我一边跟洛斯玛丽说着,一边将毛毯盖在我们的身上。

为了能够清楚地听到黑歌鸟合唱团的歌声,我让百叶窗一直打开着。夜风稍微有些寒意,不过,紧紧地贴在洛斯玛丽的身边,再从头到脚盖上毛毯,我的身体慢慢变得暖和起来。

就这样,我静候着黑歌鸟合唱团来到永恒的庭院。

我坚信黑歌鸟合唱团一定会把妈妈带回来。

不久,第一只飞来,接着飞来第二只。两只黑歌鸟就在我的耳边,欢快地宣告清晨的到来。为了能够立即觉察到妈妈的归来,我竖起耳朵仔细聆听，耐心地等待那个瞬间。我苦苦等待，妈妈如果回来了，我想要像狗宝宝一样飞奔过去。

一天。两天。三天。四天。

我一心等待着妈妈打开玄关的门扉回到家中的瞬间。然而，黑歌鸟合唱团再怎么唱出优美的歌，妈妈也没有回来。

或许是她遭到什么事故了吧。是被车撞了，被救护车送到医院了吧。

或许，妈妈是被拐骗了呢？

一瞬间想象着这样的事，我不禁坐立不安。如果不快一点帮助妈妈，如果不快一点飞奔到妈妈的身边，我焦虑的心就会抢先狂奔出去。

不过，我确实难以从这里离开。我的脚底就像粘上了强力黏合剂一般，无法从这里走出去。这也是我跟妈妈的约定。另外，更重要的是，我一个人也不可能奔向四面八方都充斥着恐怖声音的外部世界。我只能在这里等着妈妈。我能做的，也唯有等待而已。

"哐哐哐"。

周三的爸爸敲着后门。

如果是爸爸，他应该知道妈妈的事。要是跟他说明情况，他也许能带我去妈妈的身边。

不过，果然我还是不能发出声音。我只是定格在那里，屏气凝神地静候爸爸的气息远去。

不久,电话响起。我的手伸向电话。自出生以来,我第一次碰电话。不过,之后该怎么办呢?我没有一点头绪。我一直摸着电话,静止不动,请对方留言的提示信息及爸爸的声音结束后,电话又恢复安静。

晚上,我稍稍打开后门,伸出胳膊,将放置在那里的纸箱和袋子拿进屋里。既然妈妈不在家,也只能由我来做。

因为,我太饥饿了。

塞在空荡荡的肚子里的气球不断膨胀,眼看就要胀裂了。

我锁上后门,然后开始翻查箱子,挑选里面的东西。我从箱子里、袋子里、方便面里,寻找立即就能吃的东西。

这样的触感,没错,就是面包。

我打开包装袋,陶醉地啃着。不出所料,就是果酱面包。里面有甘甜的果酱。

太好吃了。

因为太过好吃,我差点泪流满面。

忘我地啃着果酱面包。被刺激的胃袋,需要更多的食物。我的胃变成了黑洞。我依次将所有的食物吞了下去,非但没有填满肚子,对食物的渴求反而愈趋癫狂。

果酱面包之后是饭团,饭团之后是巧克力,这样吃着,我忽然想起一件事。

某一天妈妈为我剪了指甲。这个"某一天"也就是妈妈消失的那一天。临近出门时,妈妈给我剪掉了那肆意生长的指甲。

两手、两脚，总共二十片的指甲，妈妈用指甲刀，一片一片地为我剪短了。

当我想要吃尽指甲缝里的巧克力时，我蓦地回忆起这件事。

"妈妈！"

为我剪指甲的妈妈，此时在什么地方做着什么呢？

之后，我钻进了被窝里。没有刷牙。我也无法刷牙。牙刷和牙膏早就从给爸爸的生活必需品清单里消失了踪迹。不过，这也无关紧要。

被子中残存着妈妈的气味。我还是第一次与妈妈分别这么长时间。自出生以来，我就一直待在妈妈的身边。我弓起背，在床上蜷着身体。我在混合着我的气味和妈妈的气味的空气中，寻觅着妈妈的气味，然后一点不剩地将它吸进身体里。于是，妈妈进入了我的身体，我和妈妈融为一体。

我想见妈妈。我想见妈妈。我想现在立刻就见到妈妈。见到妈妈后，我想让她抱紧我。

即便在梦中，我也想尽快见到妈妈。

今早，黑歌鸟合唱团再次来告知清晨的到来。

过去，它们清晨的来访让我开心，让我期待。那时，我也想混在黑歌鸟鸟群中一起欢唱。不过，现在即便听到了它们的声音，我也不会起床了。

我突然想到妈妈曾给我朗读的故事中，有这样一位主人公。战争中这位青年失去了家人和一只眼睛,而且他还遭到了密友的背叛。战争最终结束了,他却并不为此感到高兴。绝望中,他整天都躺在床上。

我也想模仿他,整天都躺在床上。这样做的话,也许我就能稍微忘却自己的饥饿。肚子里空空荡荡的时候,如果活动身体,势必会更加饥饿。

我已经基本吃光了之前爸爸送来的纸箱里的食物。但是,如果都吃完了,就没有妈妈可以吃的了。所以,我还留着一根香蕉。

倏然闭上眼睛,我呼唤着睡眠之王。然而,睡眠之王并没有在我想要他来的时候现身。我闷闷不乐地等待着爸爸的到来。只有周三能够给我带来坚实的希望。为了能让爸爸拿来相同的东西,我将自己吃过的食品的包装纸塞进瓶子里,以此向他提出自己的需求。

周三的爸爸来后的几天,因为有食物,所以大致能熬过饥饿。可是,一旦过了周日,到了周一和周二,我就会因为太过饥饿,而有了啃食自己的头发和指甲的冲动。

偶尔我数错了日子,误以为爸爸来早了一天,这时我就会高兴得想要跳起来。不过与之相对,我估计他会来的日子,他却没有来,这让我不得不再多等一两天,这时我就品尝到了地狱般的痛苦。我陷入了将香蕉皮含在嘴里咀嚼,依靠香蕉皮的余香克服饥饿的窘境。

不再有白昼和黑夜。不对,不是不再有,而是我自己感知不到。我的身体无法像之前那样,对黑歌鸟合唱团的合唱产生反应。时钟的长针已经退化,并最终腐朽。让我明白时间流逝的,只有周三的爸爸。

尽管如此，在状态好的时候，我还是会来到阁楼，打开百叶窗。然后，和洛斯玛丽一起躺在沙发上，一整天仰望天空。之前我很喜欢仰视明亮的天际，但最近我感觉还是夜空更亲近我。

虽然我未曾实际亲眼见过星星。

不知不觉间，我想象着星星是一种精美绝伦的东西。

如果能够与妈妈再次相会，我想要亲手收集夜空中的所有星星，并把它们串联在一起，作为礼物戴在妈妈的脖子上。

周三的爸爸送来物品的四天后，也就是周日的早上，下了一场雪。那一天，黑歌鸟合唱团停止了活动，所以我无法确切地知道是否是早上。总之，当我醒来时就发觉下雪了。之前也遇到过几次雪天，所以我认为自己知道雪究竟是什么东西。

"永恒，你知道吗？外面下雪了。"

那时，妈妈用比往日更加明快的口吻这样说道。

"雪？"

"是啊，天气变冷后，雨会冻住，然后变成雪。雪呢，是白色的。"

听她这么说，我只是觉得莫名其妙。

雨的话，我是知道的。下雨时，屋顶上一片嘈杂，空气的味道也会发生变化。不过，它冻结变成雪，我是难以想象出来的。

"妈妈现在就给永恒拿一些雪来。"

这样说后，妈妈从玄关走了出去。随后，她拿来一株落在永恒的庭院里的山茶花，放在了我的手心里。

"感觉到了吗?这上面就有积雪。"

妈妈慢慢地拉着我的手指,让我触摸山茶花瓣上积攒的雪花。

"好冷!"

我说。那里确实存在着某种与水不同,却又寒冷、柔软的东西。我将鼻子凑近嗅它的味道,能够闻到凝聚着大地芬芳的香味。

在我的指尖碰触的过程中,雪花瞬间变形融化了。我感觉是我杀死了雪花中蕴蓄的生命似的,不禁心生歉疚。等我回过神时,妈妈的手掌上只剩下山茶花了。

我一边追忆着那些鲜活的往事,一边把手伸出百叶窗,小心翼翼地抓起窗棂上聚集的雪花,并放在手心里。虽然很寒冷,但同时也很温暖。松松软软的,如同柔柔软软的棉花。

柔柔软软。

从手心里的雪花,到妈妈滑溜溜的大腿内侧,我任由自己的想象力展翅翱翔。

我将脸靠近手心,然后向雪花打了招呼。我的打招呼就是嗅对方的气味。我慢慢地伸出舌头,将一部分的雪含在嘴里。

我就像吞下了整片天空一般,心情变得愉悦起来。咕咚一下咽了进去,我的身体内部形成了一条寒冷的冰雪隧道。我觉得自己从天空那里得到了一份极其宝贵的礼物。

我感到一种久违的安宁。雪花累积后,似乎所有的声音的棱角都被磨平了,这让我感到安心。我觉得雪花就宛如将整个世界都覆盖住的毛毯。

毛毯下，有我，还有妈妈。我和妈妈在同一张毛毯下。虽然我不知道白色是什么样的，但是当摸到雪后，我感觉自己似乎可以看到白色。它是一种非常耀眼的、发出尖锐声音的、只充溢着正当性的颜色。

一如之前，我的肚子十分饥饿。

每一天、每一天都饥肠辘辘，我基本上只是想着食物。只有周三的爸爸是拯救我的神。

然而，就是在这卑微不断累积的每一天，我也有新的相识，就是永恒的庭院里的那些树。它们用"香味"这种魔法般的语言与我交谈。

某一天，当我打开百叶窗后，倏然间，一种之前从未闻过的香味掠过我的鼻尖。这种优雅清爽的香味，混合在凛冽的寒风中飘了过来。它不仅没有自我节制，反而在自我张扬着，好像在对我呼唤：我就在这里啊！

我暂且向百叶窗外伸出头，与那棵树开始对话。那个时候，我还不能把树木的声音转化成明晰的语言。不过，这棵树让我知道我绝非孤身一人，它拍拍我的肩膀激励着我。

谢谢！
我毫不犹豫地喊出自己的心声，向树木表达谢意。
不用客气！

以后，我们继续一块儿玩！

我听到了这样的声音。

此前，我勉强称之为我的朋友的，只有洛斯玛丽。现在，我终于结交到洛斯玛丽之外的朋友啦。

闻到那样的香味，我的心情一下子变得舒畅，这让我回想起妈妈在家时的那段宁谧的时光。

同时，一时变得安分的黑歌鸟合唱团，也再次来到永恒的庭院，展露优美的歌喉。

春天已经到来。

永恒的庭院里的朋友们，如同交接着季节接力赛的传递棒似的，交替轮换地用气味的语言与我交谈。对我而言，这就是最大的慰藉。

在我精力旺盛的时候，我会一直将头伸出百叶窗外，与它们进行热烈的谈论。我之前根本就不知道交谈会这么快乐。无论如何我是无法和洛斯玛丽攀谈的。不管我怎么和洛斯玛丽搭话，她都绝对不会回应我。

永恒的庭院里的树木却迥然不同。对于我的提问，它们都能用气味的语言认真地作答。

在与它们交谈的过程中，我体内的时间之流再次苏醒了。

自出生以来，我的身体第一次感受到季节的变迁。之前，我只知道季节是片段式的，我经常身处浩瀚的旋涡正中央，从这里看不到季节。

特别是到了气候温煦的阳春时节，树木的气味馥郁芬芳。因为我和太多的树同时进行交谈，所以感觉自己即便长十个鼻子也不够用。

如同永恒的庭院里的树木一样，还有一种存在给予了我勇气。那就是钢琴的乐音。

某一天的下午，我和洛斯玛丽叠睡在沙发上。我嗅了嗅空气的味道，然后听到了优美的乐音，它仿佛是被微风吹拂而来的。我立马就觉察到那是钢琴的声音。因为妈妈最喜欢的乐器就是钢琴。下雨的早晨，如果没有黑歌鸟合唱团的清晨鸣唱，妈妈就会播放钢琴曲的唱片，以此告诉我清晨来了。

此后，我会一边享受着与永恒的庭院里的树木交谈的乐趣，一边寻觅着远方传来的钢琴声。

钢琴有时奏出平缓舒曼的调子，有时慷慨激昂地高谈阔论着。因为我几乎同时遇到了永恒的庭院里的树木和钢琴，所以我觉得那些钢琴声仿佛是永恒的庭院里的树木演奏出的。那些最初不甚了解的曲子，在反复聆听的过程中不断熟悉，竟让我产生了挚友般的亲密感。

我无法确定妈妈外出后，已流走了多少个日日夜夜。有一天，周三的爸爸以外的某个人来访。

"请问里面有人吗？"

这位女士敲了几次房子玄关处的门扉，同时这样喊道。

当然，我没有做出任何回应。我只是僵在那里。一想到要是那人破坏了玄关的门扉闯进来，我的心脏似乎就会撞破肋骨的栅栏冲出去。因为恐惧，我的身体不禁颤抖起来。我在心中拼命地向妈妈呼救。

不过，片刻之后，人的气息已经在玄关处消散。

我终于动起身子，蹑手蹑脚地回到床上，钻进毛毯里。我寻找着那里残留的妈妈的气味。

这样的事发生过好几次。

每到这个时候，我都会屏住呼吸，只是强忍着，等待对方的离去。

我发觉我就是从这个时候开始频繁地梦到相同的内容。

一个被妈妈追赶的梦。明明脖子以下是妈妈的身体，但是脸被完全涂黑了。对于东逃西窜的我，妈妈一直穷追不舍。我明明不顾一切地在跑，但最终还是被妈妈逮住了。然后，她死死压住我的身体。

"对不起，请原谅我！我会做个乖孩子的！"

在我的哭叫声中，我一下子睁开了双眼。身上汗津津的，枕头上湿淋淋的。

"妈妈！"

我想要抹去刚才做的梦，我厌恶做这种梦的自己。就是因为这样的梦，我更加想要见到妈妈了。

莫非妈妈已经把我忘了？

这样的疑问蓦地闪现在我的脑海中。

怎么会呢?

可是,如果她真把我忘了,那么她也必然不会再回到这个家里了吧。如果某一天,妈妈的人生中突然剪掉我这个存在……

每当我心情沮丧的时候,我就会让拾音针落在记忆的唱片上。唱片表面上只镌刻着我和妈妈在一起的那些美好回忆:

穿着妈妈为我缝制的与众不同的裙子,和妈妈一起跳华尔兹;紧紧依偎在妈妈的身边,让她给我朗读故事;周日的早上,妈妈给我做鸡蛋薄饼;与妈妈一同进入浴室,她为我清洗身体的每个部分;在我十岁生日的时候,妈妈送给我一条崭新的连衣裙,那一天,妈妈还给我做了巧克力蛋糕……

就这样一直见不到妈妈,季节却在交替轮回着。

通常都是冬季让我了解到季节的划分。

到了冬天,从永恒的庭院里闻不到香味,树们似乎缄口不言一般,都静悄悄的。冬天是静寂的季节。黑歌鸟合唱团也停止了活动,只有沉默寡言的时间流过。

但是,这只是短暂的一瞬间。

我一边回忆着香味的强弱,一边追寻着季节。香味浓郁的峰值过后,夏天就来了。此时,从永恒的庭院里闻不到香味,不过可以听到蝉的鸣叫。到了暑热难耐的时候,还要忍受虫子的侵扰,然而白驹过隙之间，一切都变得宁静。

炎热告一段落后，香味再次苏醒。这样的香味盛宴会一直持续到冬天来临前。当最后一棵树散尽香味后，冬天也就真正到来了。

季节的循环给我带来了平静感。

下雨后，我经常会给洛斯玛丽梳头发，然后将她的头发分为两半，并各扎成三条辫子。我一边回忆着妈妈曾经给我扎头发的情景，一边这样做着。

解开又扎上，解开又扎上，我摸着洛斯玛丽的头发，想要摸个够。可是，没有人将我的头发分为两半，各扎成三条辫子了。

妈妈离开后，我的头发肆意生长着。偶尔坐下时，我的屁股会压在自己的头发上，这让我痛苦不堪。把头发结成一束，但很快又散开了。如果努力寻找，应该可以找到剪刀吧。不过，我还是期待着妈妈能为我剪齐头发。所以对于妈妈的思念愈加强烈了。

最糟糕的事就是，连续下了几天雨之后天气转晴的时候，家里到处都散发着异臭。有时我自己的身体上，也会散发出相同的臭味，让我想要呕吐。最终身体上的臭味消失，但家里的臭味越发浓烈。短时间内我的身体会感到瘙痒、疼痛和胀裂，不过时间会解决一切。通常而言，大部分的问题只要忍耐片刻，它们就会自然而然地消失。

与这些相比，最严重的问题是，与饥饿无休止地搏斗。只有周三的爸爸是我的依靠，可是，配送的物品的数量在一点点地减少。另外，我挑了一个风和日丽的日子，数了数黑歌鸟合唱团最近演唱的次数，结果发现距离约定的物品配送时间已经超过一周了。周三的爸爸，不知不觉间，已名不副实。

现如今，很少会送来充足的尿不湿。所以我不得不连续几天一直穿同一条尿不湿。不过，这倒也罢了，忍忍就好了。与之相比，食物的匮乏才是生死攸关的大问题。

周三的爸爸送来食物后，我由于太过饥饿，会立即吃光所有的东西。有时可能吃得太急了，我会出现呕吐的情况。不过，我会从吐出的东西里挑出固体物，再次送回嘴里。

总之，我就是一心要用东西装满胃袋。吃完了面包、饭团、水果和糕点，我还会把手伸向袋装熟食。味道怎么样，好不好吃，都无所谓。我最关心的事就是这个东西能不能吃。

我狼吞虎咽地吃着眼前的食物。只是冒失莽撞、集中精力地吞食，用东西塞满嘴巴。

然而，最终周三的爸爸不再送来物品。在妈妈之后，周三的爸爸也从我的眼前消失了踪迹。我是很久之后才注意到这件事的。那时，我已经饥肠辘辘，我找遍了屋里的每个角落，看有没有遗留下食物。

垃圾屋。

不知从什么时候开始，我听到有人这样称呼我和妈妈生活的这座房子。

最初我没有留意到是在说我家的房子,后来才慢慢了解到是这样。

早上,小学生们从我家门前经过去上学,其中必然有一个孩子走过来大喊一声:"垃圾屋!"也会有女孩子催促道:"太臭了,我们赶快离开这里吧。"

之前,我是听不到走过家门前道路的人们的声音的。不过最近,耳朵似乎变得敏锐起来,能够听到许多声音。这些声音基本都在非难这座房子。如同能看到似的,我可以清晰地听到这些责难声。听到这些声音后,感觉自己能够慢慢地看清对方的容貌。

有人在半夜轻手轻脚地来到我家门前,然后一声不吭地把垃圾扔在那里。虽然我看不见,但是玄关外的垃圾恐怕已经堆积如山。毫无疑问,这让我感到安稳。是的,不是不安,而是安稳。

我感觉我就像被垃圾的防波堤守护着一样。不过,如果陷入这样的状态,虽然可以阻挡外部的来访者,但是会给妈妈和爸爸的到来造成困难,这一点我倒没有想到。

在被遗弃的垃圾中,有一只活着的小猫咪。

一天晚上,我躺在沙发上准备睡觉的时候,听到永恒的庭院里传来微弱的叫声。那只动物用震颤的声音"喵喵"地叫着。应该是小猫咪。它似乎就在百叶窗的正下面。

不过,我也爱莫能助。于是,我从头到脚裹着毛毯,躺在洛斯玛丽的身边。当时,卧室里也堆满了东西,所以我就把阁楼里的沙发主要作为床来使用。

于是，洛斯玛丽这样问：

"你不救它吗？"

洛斯玛丽说话了。那一瞬间，我的朋友洛斯玛丽，那个像贝壳似的一直沉默不语的朋友，竟然对我说话了。第一次听到洛斯玛丽的声音，我大吃一惊。

"你是在对我说话吗？"

我战战兢兢地向洛斯玛丽问道。之前的静默仿佛都是欺骗，此时她用流畅的语调说道：

"是的。那个孩子知道你在这里，所以才来求助。莫非你要无视它吗？现在也只有你可以救它了。你应该最清楚饥饿的滋味。"

洛斯玛丽毫不停顿地说了这些话，语气像大人一样略微带着鼻音。莫非这是真的？我之前根本就没有期待过有一天洛斯玛丽能跟我说话。所以，我的心情跳过了喜悦，只是感到惊诧。

"或许是这样的。"

我说。目前能救小猫咪的人，确实只有我。

"我知道了。我把它带过来，你在这里等着。"

我将这些话留给洛斯玛丽后，就从阁楼沿着楼梯走了下来。我绕过挡在楼梯上的物品，站在了一楼的后门前。在这里可以清晰地听到小猫咪的叫声。

我解开门的锁链，将手放在门把手上，然后慢慢地向左旋转。

之前在那里等待着我的是纸箱，是塞满了尿不湿的塑料袋。而此时在那里的是一只动物。我谨慎小心地扩大着手掌的搜索范围,寻觅着小猫咪。可能是让它受到惊吓了吧,刚才还在叫的小猫咪,一下子变安静了。

不要害怕,来我这里。

我在心里轻轻地对小猫咪说。

随后,我匍匐在地上寻找着小猫咪。虽然自己身处家以外的世界里,但我并没有感到恐惧,因为这里就是永恒的庭院。我知道树们在守护着我。另外,它们似乎还在我的耳边,悄悄地告诉我小猫咪的位置。

当摸到这个比我想象中要娇小的动物时,我反射性地热泪盈眶。一种可爱的感觉,如同拧水果的果汁一般,遽然间湿润了我的胸膛。我用双手捧起小猫咪,将它抱进屋里。然后,我用肚子和左手间的空隙支撑着小猫咪的身体,同时关上了后门,挂上了锁链。

它还很小。但是再怎么小,也长着四条完整的腿,也呼吸着。认真想来,这还是我自出生以来第一次摸到动物。不过,我不仅一点都没有感到害怕,反而不知道为什么对它的温暖和气味感到亲切。这只小猫咪比我预想的要更加温暖,更加充盈着生命力。

阁楼上,洛斯玛丽正等待着我的归来。

"我把它带过来了。"

我说。小猫咪仍旧在我的手心里活泼地叫着。"喵喵"的声音,仿佛要驱散寂静的夜晚似的,强有力地回响着。

"必须快点给它喝奶。"

洛斯玛丽说。

"我吗?"

"是啊,因为这个孩子的肚子正饿着呢。"

于是,我移动手掌,将小猫咪送入衣服内。然后,让它的脸靠近我的胸脯。小猫咪一边嗅着气味,一边寻找着我的乳头,最终它碰触到了那个小凸起。它用粗糙的小舌头舔着我的乳头,所以我觉得奇痒无比。然而,我也不知道它最终是否得到了它所需要的东西。

那一天,我就让小猫咪在衣服里,抱着它睡着了。小猫咪偶尔会改变睡姿,但还是乖乖地待在我的衣服里,香甜地熟睡着。清晨,我被小猫咪的叫声唤醒了。

仅仅给它喝奶可能会营养不良,所以第二天我果断地打开了罐头的盖子。之前,周三的爸爸送来的罐头都难以打开,所以我将它们收集起来,放在了同一个地方。

另外,对我而言,想象罐头里到底有什么,是非常困难的。我也难以仅仅通过触摸就猜出罐头里有什么。即便我把鼻子凑近闻它们的气味,也感觉大体上都是相同的气味,闻不出来里面究竟是什么。所以我只能碰运气打开盖子了。

我小心翼翼地打开盖子,将手指伸了进去。里面的东西很柔软,恰似妈妈的嘴唇。我把它放入口中,它那甘甜的果汁就在我嘴中扩散。是柑橘。我最先打开的是柑橘罐头。

小猫咪只是闻了闻气味,并没有吃。我觉得可能是柑橘太大了,所以把它弄小了,但小猫咪还是没有吃。那就没办法了——这不过是在给自己找借口而已,于是我吃起了柑橘。我把手指伸入罐头里,将柑橘夹起来送入口中。太好吃了,根本停不下来。

柑橘里富含的甘甜汁液,从我的嘴边流出,滴在了我的胸前。当然,我舔尽了所有的汁液。小猫咪也用它那小舌头舔我黏糊糊的手指。

下一个打开的是金枪鱼罐头。打开盖子的瞬间,一股醇厚的香味让人眩晕迷醉。妈妈之前经常将它盛在米饭上,然后再浇上酱油让我吃。回想起刚做好的米饭的香味及妈妈的气味,我的内心刹那间变得苦涩。

我拿起金枪鱼,为了便于咀嚼,将它撕碎,之后放在小猫咪的面前。小猫咪一下就把它舔干净了。

"好吃吗?要好好地品尝它的味道后再咽下去。"

我一边这样对小猫咪说着,一边从罐头里取出更大的一块,放在自己的手心里。小猫咪再次一口吞了下去。

给小猫咪吃金枪鱼的同时,我也用左手抓起金枪鱼送到自己的嘴里。虽然没有刚才吃柑橘时那么感动,但还是让我回忆起那久违的、由吃饭所带来的喜悦。当然,自从妈妈消失以来,我都是一个人进食。不过现在,我的身边有小猫咪。

金枪鱼罐头的形状和重量,已经留在我的记忆中,所以从那以后,我能够毫无差错地打开金枪鱼罐头的盖子。虽然我的饥饿与小猫咪的饥饿不相上下，不过，我还是把大部分金枪鱼给了小猫咪，自己则将剩下的渣子与汤汁一饮而尽，勉强可以对付饥饿。可能是因为每天都吃金枪鱼吧，小猫咪的身上经常散发出金枪鱼的味道。

小猫咪让我的每一天都发生剧变。我和洛斯玛丽养育着小猫咪，感觉自己就像它的父母一样。

一天，我问了洛斯玛丽一个问题：

"这个孩子是什么颜色的呢？"

"这个嘛……"

洛斯玛丽陷入沉思。

"不是深灰色吗？"

妈妈为了庆祝我的十岁生日而送给我的那条特殊的连衣裙就是深灰色的。那是我唯一一次与妈妈外出。从那以后，已经过去多久了呢？我已经二十岁了吗？还是说我还没有到十一岁呢？我也不知道。这种事，没有人告诉我。

我给小猫咪取名为"灰灰"。很多次我都产生了想要亲眼看到灰灰的冲动，但终究无法实现。于是，我把双手放在灰灰的身体上，想象着它的样子。它脊柱的凹凸、它腋下的柔软、它尾巴的结实、它腹部的鼓胀，以及它下颌的骨骼，我都是通过手掌看到的。

灰灰夹在我和洛斯玛丽的中间，我们三个一起仰望天空的时候，我的确觉得非常幸福，也觉得非常满足。我一边幻想着飘浮在青空上的白云，一边被怡人的清风围裹着。即便妈妈不回来了也不要紧，我只希望此时此刻能够永远持续下去。

可是,某一天灰灰也不在了。就和妈妈一样。

没有任何预兆,也没有离别的问候,突然间,灰灰魔法般地消失了踪迹。它不会再回到我的身边了。

我可以听到悲鸣。

不要啊,不要啊,好热,好热,谁来救救我吧!

树们在呼喊着。

在拼命地求救着。

但是,我的身体动不了。

"不可以从这个房子里出去",妈妈曾这么对我说。

我绝对不能被谁看到。

屋外充斥着危险,我不会朝外面迈出一步,我曾这样和妈妈许下约定。

所以,我只能弓着背,一动不动地待在这里,绝对不能让谁发现。

轰轰的巨响不断靠近。我蜷缩身体蹲着,感觉身体在变小。变得越来越小了,最后成了睡美人药般的尺寸。

过去,每当妈妈外出的时候,我都会暗中做这样的梦:

自己的身体变得像妈妈的胸针那样小。这样的话,我就能变成妈妈的胸针,可以跟她去任何地方了。这正是我所希望的。

然而,十岁生日之后,我再也没有和妈妈外出过。

我躲在阁楼里屏气凝神，让自己陷入睡眠中。睡觉然后迎来天明，或许妈妈就会回来了吧。那么，她就会给我做鸡蛋薄饼了吧。

闭上眼睛后，之前妈妈给我朗读过的所有物语混合在一起，同时在我的耳畔回响着。为了分辨出各个不同的物语，我拼命地侧耳倾听。就在这个过程中，我被包裹进沉沉的睡眠中。

火似乎立即被熄灭了。如果没有闻到烧焦味，我就会认为昨晚发生的事不是事实，也会完全忘记它。

这场小火灾好像是发生在灰灰离开后，季节又向前迈进一个阶段的时候吧。似乎有谁在我家门前堆积的垃圾上点了一把火。

第二天，警察从垃圾山的另一侧呼喊。当然，我潜藏在屋里，一声不吭。不久，警察就撤退了。恐怕是因为这里太臭，不能久待吧。垃圾，守护了我。

最终，冬天来了。

我一直怀着期望等待着。但是，这年的冬天没有下一场雪。

在冬季将要结束的时候，我留意到一些异常的事。

永恒的庭院里静悄悄的。以前，沉默的冬季过去后，永恒的庭院里的树就会依次开始讲话。但是，今年当天气已经变得很暖和的时候，庭院里的树木依然固执地保持着静默。

为什么呢？

为什么不跟我说一句话呢？

去年明明和我说了那么多。

也许是那时的小火灾，损害了庭院里的树木的健康吧。

远方，马的嘶鸣声吵醒了我。

不，可能只是听上去像马的嘶鸣声，实际上并不是这样的。因为这个地方是不可能有马的。而且，我也没有听过真马的叫声。

我已经不清楚现在是周几了。之前，爸爸的来访让我知道当天是周几。爸爸来访的第二天是周四，再过一天就是周五。爸爸来访后的第四天是周日，之后再过两天，爸爸就又来了。爸爸就是我的时钟的精准指针。

不知道周几后，慢慢地，也不知道季节了。最终，可能不仅我的眼睛看不到东西，就连我的鼻子也闻不到气味了吧。不过，这样的事是不可能发生的。因为家里飘散着令人不快的臭味，无可回避地飘进了我的鼻子里。

不是我失去了嗅觉，而是永恒的庭院里的花儿们失去了气味。以前，它们曾那样热闹地交谈着，现在却没有散发出一丝香味。感觉它们已经厌弃我了。

永恒的庭院里的树们也不理睬我了。莫非它们也开始嫌弃我了？

我终于离开了阁楼，沿着楼梯走了下去。脚边散落着很多东西，所以为了防止踩空，我小心翼翼地移动着双脚。

来到一层后，臭味变得越发强烈。这也是没办法的事。因为我自己使用过的尿不湿,就原封不动地扔在那里。

尽管如此,我的喉咙太饥渴了。

一想到水,转眼间,沙漠就在喉咙里蔓延开来。随后,沙漠立即在身体里扩张,我的身体成了广袤的沙漠的一部分。

虽然我没有去过沙漠,但是我就把这种因为缺水而变得干渴的状态称为"沙漠"。这样一来,我就确实了解了什么是沙漠。如果不快一点找到水龙头,我就会被沙漠吞噬。

我随意让手在柜子里游走,搜寻着食物,心里想或许能找到什么吧。

在一个纸袋里,我找到了少量的小麦粉,然后打算把它们全部消灭掉。

妈妈过去经常给我做的鸡蛋薄饼,是那么香甜可口,可是,我觉得小麦粉一点都不好吃。不过,总比什么都没有要强。

感觉有些粗糙的颗粒,可能是砂糖吧。我的指尖紧紧地捏着这些颗粒,并将其举起。带着一半期待一半不安,我把它们放入嘴中,但遗憾的是,它们没有味道。

我打开另一个柜子的门,认真地搜寻着。什么都行。真的,只要能吃,什么都无所谓。在黑暗中,我拼命地寻找着食物。

我的手指碰到某种干燥的东西。这是什么呢?我用双手摸寻着它的全貌——被捆扎成圆形,中间还有空洞。

鼻子凑近闻闻,瞬间我明白了。那一天,妈妈非常兴奋,于是半夜里，她在永恒的庭院里为我扎了一个花环。

但是，现在我需要的，不是干燥的花环，而是水和食物。

为了埋葬这段记忆，我将花环扔向远处。随后，继续寻找食物。

这次我的指尖碰到了有着细长绳子般轮廓的东西。我把它拉过来，它在我的指尖刺溜刺溜地滑动着。

"永恒，生日快乐！"

妈妈的声音在我的耳边迸发。

"快打开看看。"

妈妈说。

我慢慢地解开丝带，是我最喜欢的黄色丝带。不过现在我已经不喜欢黄色丝带了。黄色太过耀眼。盒子里面装的是一条连衣裙。

妈妈来到我的身边，抚摸着我的头发。

猛然间，我想象着如果用这条丝带缠在自己的脖子上，然后把自己吊在天花板上会怎么样呢。在人世间，存在着一些按照自己的意志结束自己的生命的方法，这也是物语告诉我的。

不过，我还做不到。最重要的是，在缠绕脖子这一点上，这条丝带太不可靠了。现在，对我的人生而言，它起不到任何作用。

因为饥饿，我倒在了那里。身体已经无法活动。虽然令人悲伤，但这里就是垃圾屋。我自己也是垃圾的一部分。这样想来，感觉自己虽然活着，但是身体的边缘已经开始腐烂。腐烂在一点一点地扩散，不知道在什么时候就会将我整个吞没。即便这样，我也不认为妈妈抛弃了我。我依然相信妈妈会回来的。因为，她是我的妈妈。因为，我和妈妈缔结了"永恒之爱"。

意识变得模糊。饥饿，饥饿难耐，我的身体好像要炸裂了。可是，在见到妈妈之前我不能死。我也不想死。只有这一点，在我的心中明确无误。

所以，我站起来继续寻找水和食物。无论如何也要活下去。

为了排遣愁绪，我用自己的心声给自己朗读妈妈曾讲给我的物语。我和物语是并肩作战的朋友。物语激励着我，让我奋起。

我趴在地上，改变位置，让身体钻进垃圾袋与垃圾袋之间的空隙找寻食物。什么都行。真的，只要能吃，什么都行。所以，拜托了！请赐给我食物和饮品吧！我向神灵祈祷着。此时，我也只能向神灵祈祷了。

在向阳处，我闭上眼睛，感觉身体渐渐变得沉重。

我已经好久好久没睡了。由于饥饿和口渴，我的脑海里只是掠过想要睡觉的念头，不过这样一来，我反而越发亢奋而难以入眠。

尽管如此，感受到太阳公公的温暖后，这样的温暖不久变成了摇篮曲治愈了我。

听着摇篮曲，我步入了安宁的睡眠中。从邈远的地方，飘来钢琴的乐音。

肚子好饿。

肚子好饿。

肚子好饿。

肚子好饿。

肚子好饿。

  我的手在地板上寻找着食物。我已经有好几天没进过食了。多亏下了雨,我最终喝上了水。

  周三的爸爸为什么不来了呢?他应该一周一次给家里送来食物和生活必需品啊。

  我匍匐在地板上寻找着食物。这已经是我的忍耐极限了!

  我一边拨开散乱在地板上的塑料袋、空罐头、使用过的卫生纸等东西,一边在屋里搜寻着食物。发现塑料瓶后,我必然把它凑到嘴边,确认里面是否还剩有东西。

  不久,我的指尖碰到某种圆圆的小固体。虽然不能说是软绵绵的,但确实有一点点弹力。

  是胡颓子吗?也许是糖果,也可能是口香糖。

  我轻轻地拿起这个固体物,把它凑到鼻子前。能闻到淡淡的柑橘香味。

  这肯定是食物!我终于找到了。终于……终于找到了食物!

  我拍掉它上面沾的灰尘后,就把它送入自己的嘴中。

  不过,我再怎么等待,这个固体物都丝毫没有改变它的形状。它没有像胡颓子一样变得柔软，没有像糖果一样溶化出甘甜的东西，也没有像口香糖一样能自由自在地改变形状。无论我怎么用舌头滚动这个固体物，它都一言不发，保持沉默。

尽管这样，我还是耐心地等待着，如同等待妈妈似的。我已经习惯了等待。因为我觉得妈妈和这个固体物，必然会在某个时候回应我的期待。当我的口中满是口水的时候，我注意到这个固体物或许是那种不咬就无法下咽的食物。

我将这个固体物推到嘴巴深处，用口腔最里面的牙齿咬住它。然后，开始咀嚼。忘我地将它咬碎，一直咬到不能再碎的程度，随后把它吞进了喉咙里。

今天早上，黑歌鸟合唱团的团员们飞来，为我演唱了优美的歌曲。在被窝里聆听着它们的合唱，让我心满意足。

冬天终于过去了。黑歌鸟合唱团用嘹亮的声音宣告着春天的到来。

侧耳倾听，会发现黑歌鸟的歌声每天也是不太一样的。有时它们的吟唱像是仰望着万里无云的晴空，从心底里讴歌生命；有时它们又像遵循习惯，发发声音而已。

其中也有引人注目的黑歌鸟，它似乎不独唱一段就不能心满意足。这个时候，其他多数黑歌鸟所循规蹈矩保持的和谐感就会被打破，合唱团的合唱声中也会渗透出令人焦躁的色彩。

自从注意到声音里面也有色彩之后,无论在梦中,还是醒着的时候,我都能感知到色彩。所以,我的世界要比别人想象的更加多彩、更加健谈。我的世界绝不黑暗。

今天早晨,黑歌鸟合唱团的团员们又来展露了悦耳的歌喉。听到它们的合唱后,我的视野里倏然展现出一幅秀美的风景,我被耀眼的光芒包裹着。

但是,黑歌鸟们非常忙碌,它们绝不会在同一个地方长待。它们刚一来到永恒的庭院,就立马飞向别的庭院。黑歌鸟们肯定是随着黎明一起移动,绕着地球骨碌骨碌地转圈吧。

因为妈妈曾告诉我,地球是圆形的。

渐渐地,我已经不知道何时是白天、何时是夜晚了。此时是春天还是秋天呢,我也根本不知道。

春去夏来,秋冬更迭,四季轮转着。这已经重复了很多回了吧。如今,我到底身处哪一个季节呢?我到底置身于家中的哪个位置呢?

不清楚,不明白。

妈妈为什么要留下我,离家出走呢?

我到底哪里做错了呢?

不知道。

如果可以回到过去,我想回到十岁生日的那一天。

而且，我希望那一整天，我都能和妈妈在这个屋子里度过。

嘣的一下，感觉地板冷不防地陷落了，这让我猛然恢复了意识。有什么东西从远方靠近我。最初我没有留意到，不过，当我把耳朵紧贴在地板上时，就可以听到"嗒嗒嗒嗒嗒嗒嗒""嘎嘎嘎嘎嘎嘎嘎"的、低沉的声音。感觉有谁就在附近用力地踏步似的，与其说是声响，不如说是颤动。随后，地面晃动起来。

摇摇晃晃，摇摇晃晃。

感觉有谁在摇晃整个房子似的，地板不停地晃动。

有什么东西从架子上掉了下来，发出咔嚓、吧嗒的刺耳响声。

我蹲在地板上，两只手紧紧地按着头部。

妈妈，妈妈，你在哪里呢？

地板依然在晃动。整个房子像发出惨叫一般传出了嘎吱嘎吱的挤压声。

再这么下去，房子恐怕就要倒塌了。摇动愈加剧烈，不仅有东西从架子上掉了下来，甚至架子自身都吧嗒一下倒地了。

仿佛大地，或者说地球在大发雷霆似的。它无法应对自己体内隐藏的愤怒，而想要横冲直撞。这种让人感觉会永远存在下去的漫长晃动，究竟会持续到什么时候呢？

也许实际的摇晃已经停止，但是深入我体内的颤动，还摇晃着我的身体。就是因为这个，我现在觉得恶心。内脏轻微地颤抖着，让我想要呕吐出来。我希望将渗入皮肤深层的颤抖，通过嘴巴吐出来。

然而，现实中这是不可能做到的。我跟跟跄跄地站起身来，然后爬到阁楼寻找洛斯玛丽。此时，地面仍然在晃动。咯吱咯吱，咯吱咯吱，就像在哭诉"好痛啊，好痛啊"似的，发出令人毛骨悚然的声音。

虽然身体摇摇晃晃，但最终我还是找到了洛斯玛丽。我紧紧地依偎在她的身边。如果两人的身体能够紧密地贴在一起，如果手脚能够交错在一起，那么我就可以稍微忍耐那样的恐惧吧。不知道从什么时候开始，我和洛斯玛丽之间萌发了一种信赖关系，我们成了真挚的朋友。

"没关系，不用担心。"

我是在自我勉励呢，还是想让洛斯玛丽安心呢，我自己都不清楚。不过，我和洛斯玛丽是命运共同体。

那一整天小震不断。我打开百叶窗，反复地做着深呼吸。空气凉凉的，但没有之前那么凛冽刺骨。

与往日一样，永恒的庭院里的树们依然缄默不语。我再怎么侧耳聆听，也听不到钢琴的乐音。

一瞬间，所有的声音都无影无踪了。没有了声音，也没有了气味，我才感觉到自己失明了。我的眼睛本就什么都看不到，所以现在说这些话可能会惹人发笑。不过，此前我心中的眼睛能够看到的风景，现在已经彻彻底底被黑幕笼罩。

人生中第一次感受到自己被抛弃到无底的幽暗中。正是这一次，我成了孤零零的一个人，我这样醒悟到。

不过，这个城市被静寂包裹，仅仅在一瞬间。之后，慢慢地就可以听到警笛声。空气的质地与之前的截然不同。这一点明白无误。

可能是受到晃动余波的影响吧，我的胃袋已经完全忘却了"饥饿"这个词语。这算是一种单纯的美好。我让窗户一直打开着，等待黎明的到来。

不过，即便到了清晨，黑歌鸟也没有吟唱。

第二天早上，第三天早上，黑歌鸟合唱团依旧没有歌唱。所以，对我而言，清晨未曾到来。自地面猛烈晃动以来，黑夜一直在持续。深沉的、深沉的，看不到底的黑夜。

今后，我要怎么活下去呢？黑歌鸟停止了欢唱，永恒的庭院里的朋友们也彻底沉默不语。而且，妈妈也不会回来了吧。

这次的摇晃提醒了我。我被推到了这些既定事实的面前。

可是，如果我和妈妈依然缔结着"永恒之爱"，那么她肯定会回来的。无论发生什么，她都会奔向这里，并牢牢地抱着我。

然而，妈妈并没有回来。

所以，我决定跟妈妈诀别。

我决定忘记妈妈。

我决定我已经没有妈妈了。

我要像妈妈忘记我那样忘记妈妈。这样，我和妈妈就不分胜负了。

当然，不可能那么轻易地忘却妈妈。因为她业已常驻我心中，如同内脏一般，成为我身体的一部分。

不过，即便这样，我也必须忘记她。我必须从心中把妈妈驱逐出去。

这是我现在唯一能做的事，也是我继续存活下去的唯一方法。

我封印了"妈妈"。

被静寂包围的城市里，最初听到的是钢琴的乐音。

一段时间未曾听到的钢琴的声音，再次出现了。

我和洛斯玛丽并排躺在沙发上，侧耳聆听着透过百叶窗飘来的隐约的钢琴声。此时，我觉得自己就像在故事里遇到的那个少年一样，坐在钢琴前用手指敲击着琴键。

钢琴，将那早已放逐远方的关于妈妈的记忆，又轻而易举地带回到我的身边。每到这个时候，我就会抓起塞着"妈妈"的瓶子，用尽全力将它扔向百叶窗外的遥远天空。即便这样，"妈妈"还是会一而再再而三地返回。不过，我决不放弃。因为我已经决定了要忘记妈妈。妈妈在决定要忘记我的时候，肯定也很痛苦吧。

我不再感到饥饿。

让我感到饥饿的，或许是妈妈吧。

也许我渴求的不是食物，而是妈妈的爱，所以才会感到饥饿吧。

我不知道，如果斩断了对妈妈的思念，就能向饥饿说声再见了。如果能早些察觉到这一点，那么我也许就不会有那种想要贪婪地吞噬自己的指甲和头发的莫名其妙的饥饿感了。当然，这一切只是后知后觉。

那一天,当我睁开眼,我感到空气变得轻飘飘的。从那件事后,我一直开着百叶窗。因为刚刚睡醒,我还没有弄清情况。不过,我慢慢发现今天与昨天明显不同。

黑歌鸟合唱团又回到了永恒的庭院。

最初仅有一只。之后,增加了两只、三只。它们开始了曼妙的合唱。

黑歌鸟们也像我一样感到害怕吧。它们因为恐惧那场晃动,而暂时无法发出声音。"不过,已经没关系了。"黑歌鸟们这样告诉我。

它们用优美的歌声,宣告新的清晨的到来。

不用担心。

所以,请过来吧。

我们一起歌唱。

黑歌鸟们这样呼唤着我。

我用一直珍藏的梳子梳着自己的头发。头发已经长到了膝盖处。不过,我完全弄不明白自己到底长什么样。

梳完自己的头发后,我也同样给洛斯玛丽梳了头发。她的头发很柔顺,只要摸一摸就能让人的心情平静下来。留意到时,我的头发已经长了很多,可是,洛斯玛丽头发的长度一直没有变化。

我像之前那样,将她的头发分为左右两半,然后各扎了三条辫子。

我站起身，把胳膊伸到百叶窗的外面。我与空气握了手，然后与洛斯玛丽拥抱在一起。

无论是宁静的时刻，还是痛苦的时刻，洛斯玛丽都能守候在我的身边。我的初吻对象也是洛斯玛丽，我们还一起养育了小猫咪灰灰。

我带着感激之情，紧紧地把洛斯玛丽那柔软的身体搂在怀中。随后，在她的脸颊上送去一个离别之吻。

我从阁楼走下陡斜的楼梯，然后从二楼的寝室前通过，来到一楼。

对了，我没有自己的鞋。之前，我从没有穿着鞋走过路。所以，我赤脚站在了后门前。我解开锁链，慢慢地向左旋转门把手打开了门。

不用担心。之后的一切肯定都不用担心。

我拨开垃圾要塞，穿过永恒的庭院，向外走去。

一步。

两步。

三步。

四步。

这是我第一次走在地面上。脚底感觉痒痒的，由于不能很好地保持平衡，自己似乎就要摔倒了。不过，我还是勉强保持住了平衡，并继续向前迈步。脚底已经开始感到冰冷了。

我觉得仿佛是神灵牵着我的手，指引着我向前进。神灵确实握着我的手。

五步。

六步。

七步。

八步。

我用自己的脚,缓缓地向前迈进着。

当回过神来时,我已然站在了窗户的另一侧。

我的崭新人生,此时业已开启。

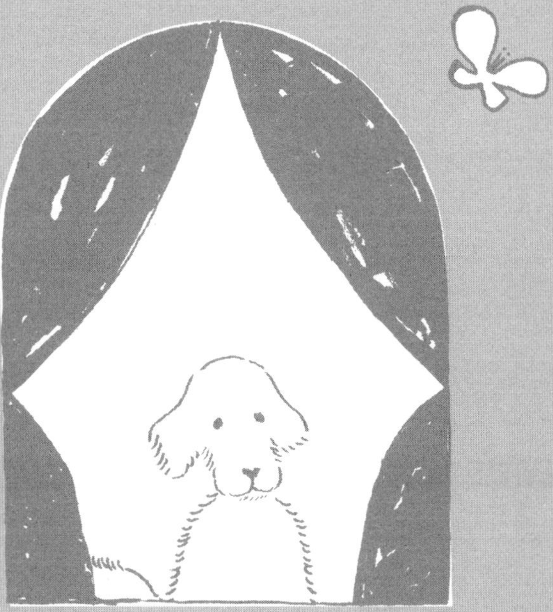

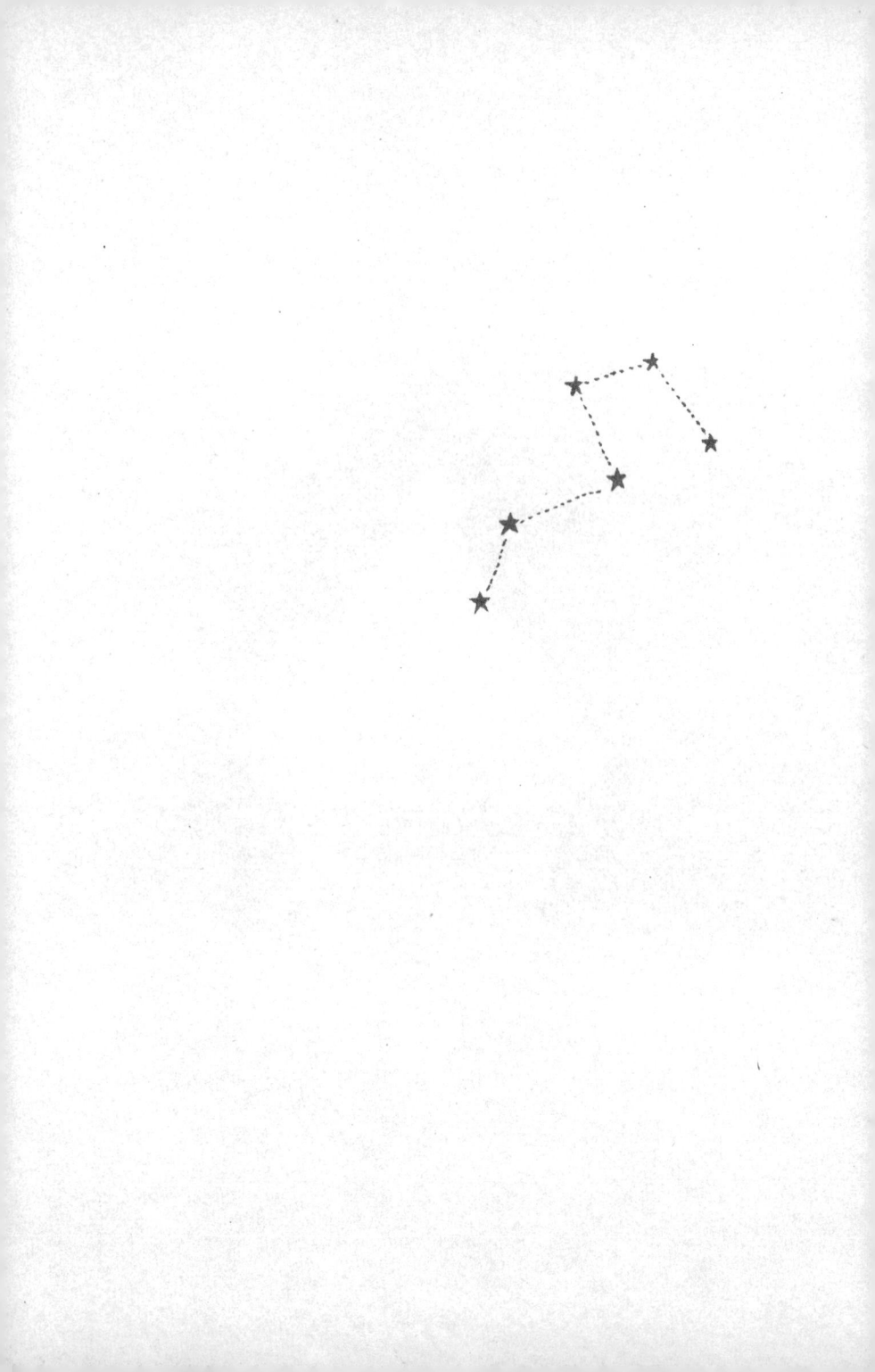

听说当我摔倒在地面上不能动的时候,是住在附近的一位四十多岁的女人救了我。

"你不要紧吧?"

不知为何,我记住了这样温柔的询问声,但是之后的记忆一片模糊。

连我自己都不知道自己的脚底没有足弓。因为我一直都过着足不出户的人生,所以运动不足,造成了脚底肌肉不发达。在家里能勉强走动,可是不能在户外长时间行走。另外,我也没有自己穿习惯了的鞋子。这些就是我面对的事实。

那时,我穿着皱皱巴巴的衣服,套着几层用过的尿不湿。我身上穿着的,只有这些。头发和指甲,任由其生长。因为对当时的我而言,只有这些选择项,我根本不明白这些事到底有多么违背常理。原本我的人生里，只存在我、妈妈和周三的爸爸。

那位女士当场就叫了救护车。愿意跟我这个明显的异质存在体搭话，这需要多大的勇气啊。

当时我陷入了极度营养失调的状态。我的胃里存留着少许橡皮擦碎屑，恐怕是我之前把它当作胡颓子或糖果吃进了嘴里。它应该是以前妈妈作为学习用具为我买来的带有香味的橡皮擦。

我到底在那里待了多长时间呢，这无法判定。作为紧急措施，我首先住进了医院。等到身体状况在某种程度上得到恢复后，儿童救济团体为我提供了援助。

听说最初的时候，无论别人问什么，我都一言不发。那时的记忆已经全部包裹在重重雾霭里。

"你叫什么名字呢？" "你几岁呢？" "你妈妈在哪儿呢？"

我对这些问题完全没有反应。最初，他们似乎以为我是小学高年级的学生。因为我的体重和身高，与一般的成年女性相比要瘦小很多，所以他们这样想也可以说是理所当然的。

无论问什么，我都不作答，所以他们怀疑我听不到声音。不过，对于食物，我却能迅速做出反应。

我能立即察觉出食物的味道。无论拿出多少食物，我都能立马一扫而光。我简直就像一头饥饿的野生动物。

长得很长的指甲，难以轻松地剪下来。不过，最严重的是，我身边存在着许多妈妈以外的人，这让我困扰不已，而且，我还遭遇了之前从未听过的声音，这让我恐慌。虽然儿童救济团体尽可能给我分配了安静的房间，但我就像猝不及防地被抛进异次元世界里一般，一刻都无法安下心来。

我躲在房子的一个角落里，整日一边咬着自己的指甲，一边呆呆地坐在那里。我能做的也只有这些。被一种与家中的气味明显不同的气味包围着，我仿佛被带到了其他星球似的，被迫一直处于紧张的情绪中。

"剪掉你的指甲可以吗？"

听到对方这样说后，我老实地伸出双手。这是我受到救助后过了近一个月时的事了。不过，在指甲被剪的过程中，我想起了妈妈。回忆着过去，突然想到一旦指甲被剪，自己又会变成孤零零的一个人了，我不禁心慌意乱起来。不知道为什么，那时的情形历历在目。

每当我的情绪出现波动的时候，一位女士就会用力抱住我，然后默默地抚摸我的后背。她片刻不离地照料着我，甚至晚上睡觉的时候，她也会睡在我身边的被褥里。这样的事，循环往复着。慢慢地，我能够信任这位女士了。

剪完指甲之后，我解放的是头发。

我的头发被整齐地剪到大致将肩胛骨遮蔽起来的位置。这位女士每天早上都会用梳子给我梳头发。可是，妈妈以外的人摸我的头发，会让我惊恐万分。所以，每次我的身体都像石头似的变得很僵硬，我强忍着等待时间的流逝。

一天早上，她把我的头发左右分开，分别编了三条辫子，还在打结处装饰了丝带。

"扎好了。"

我记得她这样说完，我用手摸了摸自己的头发。发现两边各扎了三条辫子的瞬间，我情不自禁地绽出笑靥。

"你叫什么名字呢？"

她这样问后，我回过神来，回答说：

"永恒。就是永远的意思。"

感觉似乎有微风从后面柔柔地抚摩着我的后背。这是我被儿童救济团体救助后，第一次发出声音。听到自己的声音，让我觉得挺新鲜的。

"你是永恒儿啊。"

她就像慢慢地咀嚼含在口中的东西一般这样说。

"我是美铃，让我们成为好朋友吧。"

从这个时刻开始，她就成了铃儿。

铃儿也会和我一起进入浴室。不过，我之前都是让妈妈为我清洗身体的每个部位，所以我不知道自己清洗身体的方法。铃儿事无巨细地为我讲解了将香皂打在海绵上清洗身体的方法、洗发剂的用量，以及洗头发时的窍门和注意点。此外，她还毫不隐讳地告诉我，女人的身上有一个非常重要的部位，那里要特别清洗干净。

目前紧急的是，我不得不解决一件事，那就是摆脱尿不湿。不知从何时开始，尿不湿成了天经地义的东西，我已经忘记依靠自己的意志去洗手间了。听说他们发现我的时候，我穿了好几层尿不湿。就是因为这个，我的私处周围红肿，经常瘙痒难耐。恐怕，因为这个而发出的异臭，也是令人悚然的吧。

即便在洗手间上了厕所，我也完全不知道接下来的事该如何处理。最初我甚至想不到要用卫生纸，于是弄脏了内裤，给周围的人们添了麻烦。不过，铃儿告诉了我应该用何种方式擦拭哪个位置。铃儿就是我的生活老师。

渐渐地，我的身体散发出与之前截然不同的气味。这是洗发剂和香皂的味道。于是，我感觉到自己的的确确是脱胎换骨了。宛如蜕皮后抛弃原来的甲壳的蝉一样，我挣扎着想要蜕掉自己过去的甲壳。

抛弃尿不湿的同时，还有一件事我必须做，就是医治牙齿。我的口腔问题已经处于非常严重的状况。确实必须尽早接受治疗，可是我还没有达到可以自己去医院找牙医的阶段。

离开一直身处的空间到外面去，这种行为本身让我陷入恐惧。我比平时吃了更多的药，最终迎来了那一天。因为我的脚底依然没有足弓，所以他们让我坐在轮椅上四处移动。

随行的职员牵挂着失明的我，经常为我说明周边的情况。

"现在我们走在救济院的走廊上""好的，我们已经出来了""之后要乘车了""好的，我们已经来到牙科医院""现在我们位于牙科医院的接待处""马上就要开始治疗了"。

听到职员的声音后,我立即将它转化成铃儿的声音。其实也就是自以为是地让其听起来像铃儿的声音。因为我觉得这样做可以勉强让自己镇静下来。

从轮椅移动到诊疗台上后,一种之前从没有闻过的未知气味,从各个方向侵袭而来。我因为害怕,无法顺利张开嘴。即便我自己想要张大嘴,似乎也只能张开一半。

医生是一位男士。他温和地与我说着话,不过,感觉不到他操作仪器的手有丝毫的犹豫。

我的身体由于太过恐惧而僵硬得像混凝土一般,握紧的手掌也轻微震颤着。另外,还有尿液漏出来。那一天是外出的特别日子,所以我穿了尿不湿,看来这样做是正确的。

"不用担心,永恒儿,治疗就要结束了。"

站在我身边的职员用手温柔地包裹着我那一直握紧,丝毫没有松开的拳头。所以,我勉强还能忍耐。在尖锐的、异样的气味与未曾听惯的声音的双重攻击下,我的精神似乎变得异常起来。恐怕在治疗中途,我已经丧失了一半的意识。

"永恒儿,医生说今天的治疗就到这里。"

听到这句话,一瞬间,我弄不清楚自己到底身在何处。嘴里感觉到一种又苦又辣的奇怪味道。即便对我说漱漱口,我也无法顺利闭上嘴唇,结果水洒在了围裙上。

"在麻醉消失之前，嘴里会感到有些不舒服，不过很快就会恢复的。"

我心不在焉地听着医生的话。

我又坐在轮椅上，然后乘车返回了救济院。漏了尿液的尿不湿让我觉得很不舒服，所以我想早点换掉它。

当初由于我的年龄不详，因此从我的体形来判断，我受到了儿童救济院的救助。身处旋涡中的我，也没有想到会出现这样的事，那就是我一时成了新闻人物，受到了世人的瞩目。

偶然的机会，我听到救济院的电视里在播放我的事。当然，最初我没有察觉到在讲我的事，但是在听的过程中，我想到或许是在讲我吧。

据说我是妈妈偷偷生下来的孩子。而且，在我的成长过程中，都没有提交出生申报。所以，我与社会没有任何连接点，我是一个从人世间被抹杀掉的，从一开始就不存在的透明人。

电视里明明讲的是我的事，但是不知道为什么，我总感觉像在听一个完全陌生的远方人的人生一般。

看到大众媒体的报道后，妈妈自己来到了警察局，然后做出了如下的供述：

"本来想的是一生下她就立马弄死她。不过，那个孩子太可爱了，在她一天一天长大的过程中产生了感情，所以我改变了心意，想着亲自把她养大。"

妈妈在生我之前，曾怀过两个孩子。而且，听说那两个婴儿都是被她亲手杀掉的。妈妈被捕不是因为涉嫌虐待我，而是涉嫌放弃对那两个男婴的监护责任。

根据妈妈的供述，婴儿的遗体在家里的地下室被找到。尸体被密封在塑料袋里，装在衣箱中。由于高度腐烂，已呈现白骨化。两个都是男孩子，也就是说我有两个哥哥。

细想起来，妈妈曾反复讲过一句话：

"妈妈啊，过去一直想成为漂亮的女孩子的妈妈。"

当时我只是漠然地听着这句话。不过，它其中隐含深意。我如果是男孩子的话，恐怕也会遭受两位哥哥的命运吧。

可是，不知是幸运还是不幸，我是个女孩。妈妈给我起了名字，这是她人生中的第一次，对于之前出生的两个男孩子，她甚至连名字都没有起。

不过，令人感到惊诧的是她下面的供述：

"是我弄瞎了女儿的眼睛。"

另外，这样做的理由，更让世人惊愕。

"因为我不想让女儿看到我的脸。"

世人不禁感到愤慨，这是多么自私任性的犯罪啊！于是，我成了一个在违背常规冷酷无情的母亲身边长大的、可怜无比的失明少女。这就如同惨绝人寰的现代格林童话似的，在世间引起一片哗然。

如果妈妈的供述值得相信的话,我刚出生的时候并不是看不到,只是在人生的中途眼睛看不见了。关于这一点,我没有什么记忆了,不过,也许事实就是这样吧。妈妈曾在我的眼睛里滴入药物、酒精之类的东西。

根据妈妈的证言,大致可以推测出我的年龄。不过,就像之前生那两个男婴一样,我也同样是在家中的卫生间里出生的,所以能够讲述怀孕和生育之类事实的人,也只有妈妈了。

就这样,出生二十多年后,我的生日最终被确定了下来,他们也为我建立了户籍。

有关我的生日,作为确凿证据的是,我还记得自己十岁生日那天发生过的事。那天给我和妈妈拍照的照相馆的叔叔,起了决定性的作用。叔叔还记得我。另外,照相馆里依然留存着准确的日期。因为叔叔曾将那一天来过的客人的详细情况,认真地总结在了笔记本上。

从那一天恰好回溯十年的时光就作为我的生日被登记在册。

从那时算起,到我得到救助的时刻,我已经二十五岁了。已经根本不是一个孩子了。大众媒体将这个事实作为四分之一个世纪的家庭囚禁,声嘶力竭地大事报道着。不要说十一岁的生日,就是二十岁的生日也早已过去。

在这四分之一个世纪里,可以计算出约五分之一的时间,都是我一个人在那个房子里度过的。不过,妈妈是什么时候离家出走的呢,我的记忆模糊不清,因此难以准确定位那个时间点。

在那期间，我与社会的唯一连接点就是那场地震。仅仅回想起那次的晃动，我就感觉自己的内脏似乎也随之摇摇晃晃，直到现在我依然会觉得难受。

定下我的名字是"十和子"[1]的，是救助我的那家救济院所在城市的市长先生。关于改变"永恒"的汉字的事，他们向我征求了意见。这是极其少有的特例，通常情况下，被救助的都是被遗弃的婴儿，对于这些未断奶的婴儿，是不可能跟他们征求意见的。

我能想到他们为我保留妈妈给我起的名字的读音"とわ"，是为了温馨地关照我的心情。而且，我一直认为自己的名字就是"とわ"，如果突然换一个其他的名字，我能否适应，连我自己都没有信心。不过，与此同时，我需要与过去的自己诀别，迈入崭新的人生。

铃儿兴奋异常地告诉我，我的新名字是"十和子"：

"这是个很美的名字。很适合永恒儿。'十'是许多的意思，'和'就是'调和''平和'的'和'。最近，名字里带'子'的女孩子数量在减少，所以反而觉得新颖。"

"请把名字写在这里。"

我张开左手的手掌伸向她。铃儿似乎明白我的动作的用意，于是她慢慢地描起线条来。"和"稍微有些复杂，不过，"十"与"子"能立马记下来。

---

[1] 日语中"永恒"与"十和"同音。——译者注

"嗯，真是个好名字。"

铃儿颇为信服地说道。

从那天开始，我就走上了"田中十和子"的人生之路。

日本人中常见的姓氏，如佐藤、铃木、高桥、渡边、伊藤等候选中，他们为我选择了只用直线构成的"田中"这个姓氏。他们可能是为了让有视觉障碍的我书写方便，而专门挑选了笔画少的姓氏吧。我的户籍地就被定为最初我得到救助的儿童救济院。户籍上只有我的姓名，父母那一栏空着。因为妈妈对我的所作所为，她被剥夺了监护权。另外，听说妈妈自己也无法确定究竟谁是我的爸爸。

知道了这一连串事件的"爸爸"，某一天，给我寄来了一封信。上面写着"爸爸"，其实是我妈妈的父亲（也就是我的外公）的挚友。作为童养婿进入外婆家的外公，最初与外婆性情不合，他们只是维持着形式上的夫妻关系。唯一让外公感到欣慰的是女儿（也就是我的妈妈）的存在，他非常溺爱我的妈妈。

据说作为文学青年经常在同人杂志发表短篇小说和诗的外公，让我妈妈读了很多书。妈妈朗读给我听的《清泉》那首诗，原本是外公送给妈妈的礼物。可是，体弱多病的外公，在某天去世了。

在留给挚友"爸爸"的遗书里，外公拜托"爸爸"照顾好妈妈。成为外公的保险受益人的"爸爸"，用这笔钱为我们购入生活必需品，并且在每周三的时候送过来。妈妈为我朗读的书籍，基本上都是"爸爸"从外公的藏书里挑选出来的。大概妈妈也曾让外公为自己朗读过相同的书吧。

　　从"爸爸"的信里，我了解到另一个事实。

　　妈妈的脸上长着一颗很大的痣。这颗痣生来就有，为此妈妈遭受了她亲生母亲的虐待。"一点都不可爱""可耻""丢人现眼"，妈妈每天都沉浸在这样的语言暴力里。

　　妈妈出生的家庭，原本在当地是一个有名的富裕家庭。然而，妈妈的妈妈，也就是我的外婆，就像驱赶流浪猫一样，某天，把一个存折交给刚满二十岁的妈妈，然后将她从家里驱逐了出去。我和妈妈所生活的那个房子，据说是外婆所拥有的不动产之一。即便如此，我和妈妈的生活费也不能说是充足的。为此，妈妈通过出卖自己的肉体获得收入。我天真无邪地称之为"工作"的事，其实就是这样的买卖。当时，只有我一个人在毫不知情的状况下吃着鸡蛋薄饼。

　　既然已经弄清楚我的实际年龄，那么我就必须离开儿童救济院。不过，在受到救助的这一年间，他们为我营造了一个安心的居所，让我深深地感受到周围人的暖心关怀。

　　在救济院期间，我会不间断地每天做两次锻炼脚底肌肉的运动。为了真真正正地在物理层面上使用自己的脚走路，我需要让自己的脚底形成足弓。要想独立生活，这是必不可少的。

　　我第一次了解到我的这种脚被称为"扁平足"。如果一一列举我第一次知道的词，那就没完没了了，不过，"扁平足"这个词对我而言是很重要的。我必须尽早摆脱"扁平足"。

受到救助后经过了一年多的时间，我的牙齿治疗终于结束了。虽然每一次都是伴随着令人毛骨悚然的机械声的削磨牙齿、塞入苦涩的药等一连串的"酷刑"，不过到了后期，我能够不穿着尿不湿挑战治疗，这让我获得了自尊心。

而且，我能够不借助铃儿的帮忙，独自进入浴室清洗自己的身体和头发。在洗手间，我也能熟练地使用卫生纸。饭后，我必定刷牙。

但是，对于食物的异常行为，我还是难以控制。无论吃了多少食物，我都不会感到满足，而且想要吃更多的食物，有时甚至会偷吃食物。拿出来的食物，我不会细嚼慢咽，而是瞬间消灭干净。

听到刺耳的噪声我就会陷入恐慌，然后将本不是食物的铅笔放入嘴里咔嚓咔嚓地嚼动。来到儿童救济院过了很久之后，我才回想起铅笔不是食物而是书写用具。如今想来，我确实经常通过咀嚼铅笔来忍耐饥饿。

我还要训练自己习惯嘈杂的声音及没听习惯的声音。首先，我会在房间里播放录有这些声音的CD，训练自己的身体慢慢地习惯它们。无论什么样的训练，其本身对我而言都绝不是令人愉快的过程。不过，在严苛的训练后，他们为我准备了丰富的奖赏。为了得到这些奖赏，我逼迫自己忍受那些让我讨厌的声音。

排在第一位的奖赏是书籍。我可以再次和故事相会了。这让我高兴得想要跳起来。这种心情就像是在路边遇到了令人怀念的儿时玩伴，然后两人互相将对方拉入自己的怀中，紧紧地相拥在一起。当初，我一直以为故事只能从妈妈的嘴里讲出来。

起初，铃儿和其他志愿者为我朗读。不过，他们知道我非常喜欢读书后，就使用录音图书，为我营造了一个可以独自阅读的环境。可是，救济院里的录音图书数量有限，所以我很快就全部读完了。另外，这些图书都是面向儿童的，所以对我而言，内容稍微有些无聊。

我的人生在略微向天空的方位描绘着螺旋线的同时，每一天也在一点一点地变化成它本来应有的样子。

不过，那一段时间，有一样东西总是困扰着我，那就是恶臭。

好臭好臭，我闻到了令人厌恶的气味。半夜我这样大声叫嚷着，让周围的人们感到难受也不是一两次了。虽然表面上我的身体散发着香皂、洗发剂的味道，深层处却怎么也摆脱不了那种恶臭。于是，我产生了这样的错觉：我自己就是那种恶臭的根源。

"没关系的。十和儿你一点都不臭，闻起来很香。"

铃儿再怎么劝慰，我都觉得自己的身体散发着臭味，并为此坐立不安。我甚至在一股强烈的冲动的驱使下，想要干脆用自己的双手将自己消灭掉。

如果喝下镇定情绪的药物，那种气味就会远离，不过，要让这种幻想的恶臭彻底从我的身边消失，还是需要耗费一些时间的。每当我被这种恶臭驱赶的时候，我就会回忆起我来自垃圾屋这个事实，此时我就会受到莫名其妙的盛怒和无尽的悲伤的折磨。

媒体报道的火热势头渐渐衰退,当我完全被世人忘记的时候,我搬到了一个名为"集体之家"的设施里。那是一个与我有着相同困难的大人们共同生活的地方。

在那之前,我勉强可以用自己的脚站立行走了。当然,活动范围限定在救济院内自己熟知的地方。搬到"集体之家"后过了一段时间,我发现自己身上的恶臭消失了。

搬到"集体之家"后,等待我的是"自立"这种看不到的胁迫。我觉得既然已经这样,那么自己必须尽早学会自立。这里的环境与之前儿童救济院的相比,发生了巨大的变化,我必须重新组装身边的世界。

特别是像我这种情况,未曾有过先例。在四分之一个世纪里,我都悄悄地躲在家里,几乎没有外出过。而且,我还是一个看不到东西的视觉障碍者。这种情况之前从未发生过,所以周围的人们都不禁感到惊慌失措。我的义务教育问题该怎么解决呢,这也是一个严峻的课题。

最终他们决定让我去最近的特别支援学校,用一年的时间学习小学六年的内容。于是,每周有几次,主要是在孩子们下课后,我会在向导助手的协助下去小学上学。我们徒步走到车站,然后乘上电车,如此看来这确实是一段漫长的旅行，不过去小学上学这件事本身让我感到十分开心。

在那里，我第一次了解到盲文的存在。之前我所掌握的文字，都是妈妈用手指在我的手心为我书写的文字，不过我也只是一知半解地学到了极少的文字而已。多亏了故事，我知道了一些词语。而且，当初妈妈对教育很有热忱，教给了我各种各样的词语和表达方式。

盲文纵列有三个点，有两列共计六个点，这些点按照一定的方式组合起来。用指尖触摸这些凹凸点，就可以一个音一个音地把文字读出来。比如，"ア"的话，六个点中只有左上的一个点是凸出来的；"イ"的话，左上的两个点凸出来。数字、字母，以及"ガギグゲゴ"之类的浊音和"シュ""チャ"之类的特殊音，都有不同的盲文组合与之对应。通过这种方式，用指尖就可以读取那里排列着怎样的音。这有点近似于乐谱。

"オハヨー"（早上好）、"イタダキマス"（那我就吃了）、"アリガトー"（谢谢）、"サヨーナラ"（再见）。

达到一定的熟练度后，只要耐心地花费时间，就能弄明白那里到底隐藏着怎样的词语。感觉这就如同解读暗号或是探寻宝藏。不过，我能做到的也就是这个程度，要从头至尾读完一本盲文书，可真是一条会让人昏厥的漫长道路。

世人总觉得视觉障碍者理所当然地会阅读盲文，但实际上，据说会阅读盲文的视觉障碍者只占总体的 10% 左右。特别是那些在人生的中途才成为视觉障碍者的人，学习盲文的难度是极大的。

学习盲文的同时，我还必须掌握另外一种技能，就是使用白杖行走。对我而言，与盲文相比，这更是一个难关。

终于能用自己的双脚行走了，可是不久，我就不得不用右手拿着白杖左右晃动着向前走。此外，我还不习惯穿鞋，所以只要穿上鞋，我就会不禁失魂落魄。迈出右脚时，白杖向左侧挥动，以此来确认是否有异物；接下来，迈出左脚前，把白杖移动到右侧，检查是否有异物。虽然脑子明白，可是要将它与身体协同起来，无意识地同时活动手脚依然很难。

我并非要夸耀，其实之前我没有做过运动。斩钉截铁地说我的身体里不存在运动神经也不为过。因此，无论过多久，我都无法与白杖建立和谐的关系。

除了盲文、白杖的使用方法等视觉障碍者特别需要学习的技能，也有国语、算数、理科等需要学习的基础课程。教室里总是只有我和老师两个人。那个地方确实是学校，可是似乎又不能被称为"学校"。

一年以后，我被授予了毕业证书，姑且算是小学毕业了。不过，我自己非常清楚，那只是徒有形式的空洞的东西而已。

学校的课程结束后，与我产生关联的人就一点一点地减少了，而我在"集体之家"的房子里一个人待的时间变长了。当然，如果我提出要求，是可以得到必要的援助的。有许多人愿意带着不求回报的善意，在各方面帮助我。

然而，我还是感到孤独。一种压倒性的孤独从四面八方将我包围。

日常生活恢复宁静，我不再因为饥饿而发狂。我不需要从垃圾里寻找食物，也不需要为了忍耐饥饿而将铅笔或橡皮含在嘴里。这里有棉被可以温柔地包裹我的身体。因为房间里有微波炉，所以我可以轻松地吃到温暖的食物。使用CD播放机，我可以随时播放音乐。酷暑的日子里可以使用空调，冲澡也非常方便。

我感到很满足。大家都将自己的体贴带给了我，并尽可能让我处于舒适的环境中。这一点，我很理解。不过，一种难以言表的不安还是会时常向我袭来。

我产生了这样一种感觉：只有我一个人身处纯白的方形盒子里，我也不想从这里出去，只是呆然地望着白色的天花板。

我只有去医院的时候会外出。与之前一样，我如果没有吃安定精神的药物，就无法顺利地进行日常生活。特别是安眠药，绝对不能缺少。如果没有安眠药，我就难以入睡。对看不到光明的我而言，再怎么紧闭眼睑也是没什么区别的。我无法将自己引入睡眠的方向。如果头脑中有许多东西要想，我是根本不能步入梦乡的。

此时我可以自己选择食物，所以我能够再次吃到儿时在家里吃过的东西。不过，最终，我的饮食生活又变得不均衡了。

说到好消息，我失明的原因找到了。出生时由于身体瘦小而产生的早产儿视网膜病变综合征让我失去了光明。妈妈向我的眼睛里滴入异物，与我的失明没有直接的因果关系。当然，如果当时我能立即接受治疗，或许就能避免完全失明了。从这个意义上来说，妈妈是有间接责任的。可是，一个早产儿出生后没有立马殒命，而是生存了下来，这也和我自身的顽强生命力有关系。

我该以怎样的态度对待妈妈呢，我自己也不清楚。用冰冷的手掌触摸我的脸颊的是妈妈，让我品尝到故事所带来的旅行乐趣的也是妈妈。

如果问我想不想见她，我不能马上给出答案。喜欢还是讨厌，憎恨还是爱恋，关于妈妈的提问，我都难以给出一个明确的回答。其中的情况相当复杂。

但是，当我知道我失明的原因是早产儿视网膜病变综合征时，我确实觉得很高兴。我也舒了一口气。之前我也一直祈祷事情能是这样。另外，我希望能尽早把这个消息告知妈妈。

并不是妈妈用自己的手把我弄失明的这个事实，我不是因为妈妈的双手而看不到东西的这个事实，对于我，同时对于妈妈，都肯定是一种拯救吧。

离开家的两年间，我过着每天都与某种东西相遇，并接受某种东西的日子。这就如同自己被卷入了无法控制的浊流里。总之，我拼尽全力地在"今天"存活下去，几乎没有余暇回看过去。

到了第三年，搬到自立支援之家后，我有了自己的时间，也能够将手脚投入突然绽开的空白里。在这段时间里,我肯定可以休养好疲惫的身心吧。

或许,无所事事,也是我的人生中不可或缺的东西吧。

一通电话给这一连串的恬淡日常打上了休止符。

对方是某导盲犬中心的男性工作人员,他打来电话是为了通知我,找到了适合我的候选导盲犬。这样说来,几个月前我确实提交了导盲犬申请。

之前,我曾鼓起勇气拿着白杖,尝试到外面去,可是中途我碰撞到汽车后,由于太过恐惧而一步都走不动了。这样的事接二连三地发生后,我就愈加讨厌出门了。一位志愿者不希望看到我这样,就建议我申请导盲犬。

不要说导盲犬了,就是犬类的存在我都不知道。不过,就是在这样的情况下,我只是因为"导盲犬比白杖更便利"这个简单的理由,就在申请书上签了字。白杖绝对不可能成为我的步行友伴,于是我将它折叠起来,放在了屋里的壁橱中。

因为导盲犬这个契机,我那停滞的人生又开始一点一点地流淌了。

是我自己决定回到原来的家里的。虽然可以和导盲犬一起生活在现在的自立支援之家里,但很早之前我就一直盼望着能回到原先的家里。

"那里可是发现过尸体啊!"

虽然身边有人明显表现出了厌恶和惊诧，但我还是深深地眷恋着那个家。那个家里的垃圾都已经被处理掉了，所以那里不再被称为"垃圾屋"。另外，我十分担心永恒的庭院现在怎么样了。我很想和黑歌鸟合唱团的成员们再次相会。

首要的问题是申请新的户籍时，在法律层面上，我和妈妈已经断绝了关系，那么我还能继承那座房子吗？不过，优秀的律师们想方设法为我圆满地解决了这个问题。

搬家的时候，几位朋友来帮忙，其中就有铃儿的丈夫。铃儿现在肚子里怀着小孩。她曾对我说无论如何都想来帮忙，不过，她的丈夫劝阻了她，作为替代，她的丈夫过来帮助我。因为之前铃儿跟我讲了许多关于他们夫妻间的事，所以我也很期待能与他相会。

从自立支援之家搬来的行李数量很少，不过，为了让我和导盲犬的生活更加便利，房屋进行了改造。能够实现改建，多亏了政府的支援。

当然，家里通了水电，之前的煤气灶也换成了崭新的IH电饭煲。浴室里放置的家具和垃圾袋也被撤去了。屋里的家具尽可能缩减到最少，各处的墙壁上都安装了扶手，与之前相比，生活变得更加方便了。地下室被封锁了，我和洛斯玛丽经常仰望天空的阁楼，也在基本不再使用的前提下进行了改建。我不知道洛斯玛丽是否还在那里。

要习惯这一切还是要花费一些时间的，可是与之前的儿童救济院和自立支援之家相比，这个空间更让我心情舒畅。

　　傍晚，送走来帮忙的朋友后，我径直走向永恒的庭院。先前我拜托盲文志愿者将每棵树的名字用盲文镌刻在名牌上，并悬挂在相应的树上。其实，这让我欢欣雀跃，不过，白天人多的时候，我只能将悠闲地与树们再会的事推后。

　　"木兰""栀子""广玉兰""甜橙""金桂""金银花""瑞香"。

　　对了，瑞香。曾经某个时候，我问过妈妈瑞香是怎样的一种花，但是，那时妈妈说忘记了，就不再理睬我了。我终于遇到瑞香了，还能触摸它的叶片和枝条。

　　我轻轻地将脸靠近瑞香，并问候它：

　　"一直都想与你相会。"

　　我带着感激之情向庭院里的树们倾诉道：

　　"谢谢。那个时候，你们能够陪伴在我的身边，真是非常感谢！"

　　庭院里不仅有高大的树木，低处也生长着许多植物。为了方便我弄清楚它们的名字，志愿者们在植物的附近放置了石块，并把镌刻有植物名称的盲文标签贴在石头上。

　　我跪在地上，像探宝一样，用双手摸索着植物的名字。

　　"艾蒿""鱼腥草""鸡矢藤"。

　　我还发现了"铃兰"。将它那小巧的花朵凑近我的鼻尖，瞬间一阵清香萦绕在我身边。我知道铃儿的父母希望铃儿成为像铃兰那样美丽的人，所以给她起名为"铃儿"，不过我不知道铃兰竟是有着如此招人怜爱的芳香的花朵。

"铃儿。"

这样叫一声，铃儿的温柔体贴瞬间在我心中复苏。另外，我觉得铃儿与铃兰在某些地方确实很相似。

不用说，其中也存在着有害健康的植物。不过，与我的忧虑不同，永恒的庭院里的植物们都生长得很健康，内心似乎也很安宁。从明天开始，我们随时都能相见了。

想到这些，我的心底不禁泛起一种难以形容的希望。渺小的、渺小的、泡沫般的光仿佛在跳舞一般闪烁着，并将我紧紧包裹着。

这里发生过很多事。有幸福喜悦的回忆，也有苦涩悲伤的回忆，但是，我能够返回的地方只有这里。此时，我切实感受到这一点。

感觉一天已经结束，所以我回到了屋里，我发现桌子上放着庆贺搬家的礼物。由于舍不得，所以我还没有打开丝带。不过，我很在意附在盒子上的卡片，于是我决定仅仅打开卡片。

我将手伸向信封，轻轻地撕开封条，然后从里面取出一个硬质卡片。我展开这个折叠在一起的卡片后，原本是平面的纸中出现了一个立体的东西。

纸的表面上有一些刻痕，打开卡片后，立体的形状就会凸显出来。为了不破坏那纤细的形状，我一边小心翼翼地用双手捧着它，一边在大脑里描绘它的立体形态。

感觉那里好像有酒瓶和葡萄酒酒杯。

"为十和子女士的新的人生起点干杯!"

上面用盲文刻着这样的信息。我虽然喝不了酒,但是大家送我的卡片,让我觉得自己仿佛已经喝了酒似的有些微醺。

我轻轻地凑近卡片闻它的味道。那里也残留着亲切、温柔的朋友们的味道。

第二天清晨,在黑歌鸟合唱团盛大的合唱声中,我迎来了全新的一天。如同在祝贺我回到家里似的,黑歌鸟们一直唱着欢快的歌曲。它们仿佛在说:欢迎回家!

几个月后,我开始了与导盲犬的共同训练。因为共同训练需要在训练中心住宿,所以我不得不离开家四周时间。

之前我曾参加过一次当天往返的步行体验会。所以,大致能够理解和导盲犬一起步行是一种什么样的感觉。关于如何照顾狗,我也接受了一些简略的介绍。尽管如此,与伙伴狗一起生活,实际上会是什么样的,我还是无法顺利地捕捉到相关景象。下次当我回到家时,身边就有一只狗狗了。

和我组成伙伴的是一只名叫"乔伊"的金毛寻回犬。据说毛色是金色的。

我一生都不会忘记和乔伊第一次会面时的情景。我伸出手想要跟它握手,而它将自己凉凉的、湿湿的鼻尖紧紧地贴在我的手背上,就像是盖章一样。随后,它小心谨慎地不断嗅着我身体的味道。

我蹲在那里，同样也嗅着它的气味。我们互相嗅着对方的气味。之后，乔伊将自己的下巴搭在我的肩膀上，用舌头舔我的耳垂。这就是乔伊式的问候。

"乔伊非常认生。不过，它似乎对十和子小姐敞开了心扉。"

训练员看到我们这个样子，用激动的声音对我说。

问候结束后，我就正式开始用手触摸乔伊的身体。它的身体很热，长毛下的肌肉结实而饱满。头硬硬的，认真摸会察觉到微妙的凹凸感。它的耳朵很柔软，我顺势摸了摸它的下巴，它不禁长呼一口气，向后仰起头。从它的身体上可以闻到一股红茶的味道。

我留意到，我的人生中真正摸到动物，这是第二次。第一次是摸到刚出生不久的小猫崽灰灰。灰灰的身体极其娇小，双手紧紧地把它捧起来，感觉都能压碎它的骨头。

然而，乔伊不是这样的。如果它毫无顾忌地将身体投入我的怀中，我似乎就会因失去平衡而摔倒。乔伊的尾巴远比灰灰的尾巴结实有力，乔伊的尾巴啪啪地打着我的大腿和胳膊。

从那天起，我就时常和乔伊一起行动，共同接受训练员的指导。我学到了安全步行的基本方法，我和乔伊之间的纽带更加牢固了。

越是深入地了解乔伊，我就越是觉得我们之间的相似点很多。通过嗅气味来把握世界这一点就不用多说了，我们都有些胆小，都对食物很执着，也都比较认生。

另外，乔伊绝不能算是优等生。

在共同训练的过程中，十只导盲犬中会有三四只不合格，然后它们作为改变职业犬被一般家庭收养，并以宠物的身份度过自己的一生。

乔伊是作为导盲犬接受更多的训练呢，还是改变自己的发展方向，作为普通的宠物活下去，在生死关头，他们勉强决定让它走上导盲犬的道路。不过，我只上过特别支援学校，以这样的程度，可以说同年龄段的人们理所应当掌握的知识，我完全不明白。所以，如果让我和一只极其优秀的精英犬结成伙伴关系，那么我反而会感到胆怯吧。从这一点上来看，我坚信乔伊才是我的最佳伙伴。我和乔伊的相遇具有必然性。

与导盲犬同行，是用户我和导盲犬乔伊共同协作的过程。责任五五分。

最初，我误以为只要我握着导盲犬的狗绳，然后导盲犬走在前面，像出租车一样把我带到目的地就可以了。但现实是，发出指示的终究是我，如果我的指示是错误的，那么乔伊也会采取错误的行动。紧握主导权的，是我。虽然导盲犬的最重要的义务是守护用户的生命，但是为了让它履行这样的义务，用户也必须协助导盲犬。

坐下、趴下、等待、起身、走。

在适宜的时机，向乔伊发出指令，如果它完美地做到了，我就会夸它一句"干得漂亮"。对导盲犬而言，得到用户的夸赞可是无与伦比的奖赏。

"十和子女士的任务就是思考如何让乔伊愉快地工作。所以，当它做得很好的时候，要随时给予它热情的夸奖。这样的话，为了从十和子女士这里得到更多的夸奖，乔伊会更好地完成工作的。"

训练员反复这样对我说。仅仅是让导盲犬服从命令，它是不会开心的。为了能让导盲犬愉快地工作，用户需要给它营造良好的环境。

我和乔伊的信赖关系逐日加深。乔伊的性格，说得好听些是豁达洒脱，说得稍微不好听些就是自由放纵。它的自我意识太强烈：符合它的意愿的，它就会积极执行；不符合它的意愿的，它就会装作没看见，或是偷起懒来。这就是之前它被判定为不符合导盲犬的要求的最大理由。

然而，这样的乔伊让我讨厌不起来。不仅讨厌不起来，我对它的爱反而与日俱增。特别是一天的训练结束后，一旦取下狗绳，它就会肆无忌惮地向我奔来，还不断地邀约我"一起玩吧，一起玩吧"。当我把它最喜欢的玩具球扔出去的时候，它会全神贯注地追逐球，想要将球叼还给我。不过，反复进行这样的游戏后，它会因为腻烦而停止追球，无论我怎么投出球，它都不再理睬。导盲犬的工作结束后的时间里，乔伊只做自己喜欢做的事。

即便睡觉的时候，我也和乔伊在一起。

到了夜晚，乔伊就睡在我床边的笼子里。可能是因为有生物在身边能让我安下心来吧，我可以酣然入睡。听到乔伊睡觉时的呼吸声，我握着它的尾巴，感觉自己就像漂浮在风平浪静的海面上，在这个过程中，我自然而然地坠入梦乡。这样的效果在第一天晚上已经显现，最终是乔伊温暖的舌头叫醒了呼呼大睡的我。

过十字路口的方法，在电车月台上步行时的注意点，公交车、电车和餐厅里的礼仪规范，为了维持乔伊的健康而给它刷毛的方法及健康检查，让它上厕所和给它食物的方法……我必须记住的东西堆积如山。

说实话，与特别支援学校的学习相比，记住这些东西要快乐得多。因为乔伊就在我的身边，乔伊的脸上总是露出笑容。

据说"乔伊"这个名字，是照顾过幼犬时的乔伊的幼犬训练师起的。候补导盲犬出生两个月后就要离开自己的母亲，然后与幼犬训练师的家人生活在一起，直到它长到一岁。通过这种方式，它从人类那里感受到了浓浓的爱，也学会了与人接触的方法和基本的生活规则。

"乔伊"就是喜悦的意思。我想不出来还有哪一个名字更适合乔伊。乔伊一直笑意盈盈。虽然我看不到乔伊的真实的笑容，但是我能通过当时的情形感知到乔伊在欢笑。它会"呵呵呵呵"地发出短促的呼吸声，同时使劲地甩自己的尾巴。只要它甩尾巴，就能感觉到风的流动。一旦它欢笑，整个环境仿佛都被明亮澄净的空气笼罩起来。乔伊生而喜悦。

因为乔伊在我的身边，我的人生被引到了光明的方向。当与乔伊走在一起时，我就会感受到一股前所未有的耀眼光芒。这种感觉如同自己行走在由光芒形成的隧道中似的。此时，乔伊也必定在微笑。乔伊似乎也行走在这光的隧道中。

在训练中心的四周时间转瞬即逝。

最终，我和乔伊迎来了单独步行考试。通过我们的协作，我们合格了。乔伊心情愉快，它被正式认定为导盲犬。另外，我也拿到了导盲犬使用者证。也就是说，我和乔伊能够共度人生到乔伊十岁生日退役时为止。

训练中心举行了出发仪式后，我和乔伊在步行指导员的目送下离开了。之后，我们花费了两三天的时间接受了家附近的步行指导，同时也强化了与乔伊度过日常生活的具体注意点和相关的理解。

"最初不用追求完美。无论是多么熟练的导盲犬用户，想要与新的伙伴配合默契，都需要耗费一定的时间。所以不用焦虑。总之，十和子小姐能够安心地在外面行走了，乔伊也能够高兴地协助你。最重要的就是紧跟着它。所以，不要害怕失败，请开始享受与乔伊的散步和生活吧。"

为我收拾了行李的步行指导员，在玄关前最后这样对我说。从这位曾跟我度过一段亲密时光的人说出的离别赠言里，我感觉到了丝丝悲戚。不过，对即将共度之后人生的我和乔伊而言，这也是温馨的鼓励。

从这些话里，我和乔伊得到了莫大的勇气。接下来，我就要真正与乔伊一起生活了。

自童年时代与妈妈一起生活以来，这是我第二次与自己以外的某个生命共同度过亲密的生活。与乔伊生活在一起，我弄明白了我一直在渴求什么。我渴求来自他人的温暖。乔伊能够每天毫无保留地给予我所渴求的东西。

但是，一个人生活后还要照顾乔伊，我需要做的事瞬间剧增。为此，一天的时间流逝方式也发生了变化。

尽管如此，黑歌鸟合唱团向我告知清晨的来临并没有改变。此外，乔伊还成了补充。叫醒我的时钟变成了两个。偶尔当我赖床不起的时候，乔伊就会用稍有些粗鲁的方式，想要将我叫醒。

一起生活后，我搞清楚的事是，当乔伊想要什么的时候，它就会打喷嚏。故意打喷嚏是乔伊的特技之一。当它想要让我起床时，它就会在我的耳边毫不客气地展示自己的打喷嚏技艺。

"快，快起床！新的一天已经开始了，已经到早饭时间了！"

睁开眼睛后，感觉乔伊就在我的身边，把脸贴近了我，我似乎可以亲眼看到它那闪闪发光的瞳孔。

"早上好，乔伊。今天我们也要开开心心地一起度过。"

我一边抚摸着乔伊的头，一边向它问候早安。这样，我们的一天就正式开始了。

早上做的第一件事就是让乔伊上厕所。把乔伊带到庭院里，让它在那里上厕所。

"一二，一二……"

"一"代表小便，"二"代表大便。我聆听着乔伊的一举一动，耐心地等待着它上完厕所。目前，我面对的最大课题就是掌握它上厕所的节奏，然后在合适的时间点促使它上厕所。

上完厕所后，就到了早饭时间。这是乔伊最期待的时刻。

乔伊的食欲旺盛。虽然它的体重要比一般的金毛犬轻，但是正如俗话所说的，"瘦人饭量大"，它的食量很大。如果仅仅吃市场上的狗粮，它会便秘，所以还需要在狗粮中添加煮软的蔬菜和新鲜水果。

在乔伊吃饭的时候，我也会吃一些水果。不过，与乔伊比赛谁吃得快，我总会输。可能是因为它吃得太着急了吧，它经常会在进食的中途，剧烈地打起嗝来。

早饭之后，通常就是我们的自由活动时间。乔伊很喜欢饭后睡懒觉，所以它经常会趴在檐廊上横躺着，一边沐浴着日光一边打盹儿。

当我再次回到这里居住的时候，他们在庭院的一角，用木板搭了一个平台。我就随意地将这个平台称为"檐廊"。这个檐廊的大小正好适合我和乔伊闲躺。天气晴朗的时候，我和乔伊经常会在这里享受日光浴。

清洗完吃早餐用过的餐具后，我对整个房子做了整理，还打扫了卫生,也对洗手间和浴室做了清理。如果只是我一个人生活的话,我不会像这样做彻底的清洁。不过,现在家里有乔伊。为了不让乔伊误食危险的东西,不能把东西放在地板上。由于疏忽而掉落的东西,也必须随时捡起来收拾好。这是我给自己制定的规则。

将房子打扫得干干净净的,也是为了我自己。在乔伊刚来到家里的时候,我踩到了乔伊玩后扔在一边的会发声的玩具,自己险些摔倒。有时我由于马虎踩到了乔伊的毛绒玩具,让我误以为踩到了乔伊,不禁一身冷汗。

不过,如果能提前把所有的东西都准确地放回固定的位置,那么我就不会因为一些偶发情况而感到焦虑,一旦出现意外状况,我也能迅速把那些东西找出来。而且,我不希望这座房子像过去那样再次成为垃圾屋。这种感情与其说是使命感,不如说近乎恐惧。

一连串的家务做完后,如果还有时间,我就会去侍弄庭院。这个时候我必定赤裸双脚。赤裸双脚后,脚底的感觉就会苏醒,也就能够更加清晰地把握世界的形态。

偶尔,我也会忘捡乔伊掉落的东西,当我踩到它们的时候,不禁大吃一惊,但是我并不会因此特意穿着鞋走进庭院里。对我而言,永恒的庭院宛如某人珍贵的皮肤一般。我不想穿着鞋走在别人珍贵的皮肤上。

另外,赤脚走到庭院里,能让我更加清楚地聆听到植物们的声音。感觉我的脚底就像脸庞一样有了眼睛、鼻子、嘴巴和耳朵,可以直接和地球进行对话了。

我用手心轻轻地抚摩自己所喜爱的植物的枝叶,捕捉它们那无法汇成语言的声音。这些植物是处于良好的状态中呢,还是控诉着某种不适,我心平气和地侧耳倾听着,不久,我确实可以听到它们的声音了。感觉我的身体变成了天线,能够接收来自植物的信息。我还用手心触摸土地,享受着与植物们的交谈。

在永恒的庭院的一角,我为哥哥们设立了一座坟墓。不过,不能如愿埋下他们的遗骨。为了防止乔伊进入,那里用石头砌了围墙。此外,为了让那里时常有花朵绽放,我在那里撒了种子,种植了球根植物。

我时常去那里与哥哥们交谈。或许我能够存活到现在,都是因为哥哥们一直在守护着我吧。也许他们短暂的生命给予了我生命力吧。我一边感谢着他们,一边和他们约定要将他们那一部分生命延续下去。

当我侍弄庭院的时候,从清晨打盹儿中醒来的乔伊,轻快地跑到我的脚边,然后向我祈求:"接下来不是要去散步吗?"

"好的,我们去散步吧!"

我这样说后,乔伊立即欢快地摇起尾巴,它的尾巴毫无顾忌地拍打着我的大腿,并且催促着"快点,快点"!

"乔伊,一。一,一。"

我再次催乔伊上厕所。乔伊在庭院的一角上厕所的时候,我洗了手擦了脚,还穿上了袜子,为外出做了准备。

上完厕所的乔伊得意扬扬地来到我的身边，等着我给它拴狗绳。对乔伊而言，狗绳如同制服似的，一旦系上狗绳，乔伊就切换到了工作模式。这个转变如此彻底，之前还嬉闹撒娇、自行其是的乔伊，瞬间变身为值得依赖的导盲犬。

"乔伊，go（走）！"

我们并排走出了家门。

与乔伊相遇之前，我不得不一个人外出的时候，我会使用白杖。通常情况下，我会一边注意着前后左右，用白杖的前端到处试探着，一边向前行进。有时从身后快速骑着自行车靠近我的人，会怒斥我"危险"；如果我晃着白杖，缓慢地通过十字路口，推着婴儿车的女士会小声地说一句"简直太碍事了"。因为经常遭受别人的责备，所以慢慢地我就不出去了。

自行车和汽车确实让人感到害怕，但与之相比，我觉得人更可怕。了解我的过去的人们，比如儿童救济院的职工们和志愿者们，能够亲切地对待我。然而，仅仅作为视觉障碍者被丢在世间，世人绝不会亲和地对待我。许多人不仅不会对我亲和，反而会极其冷漠地对待我。

不过，当我的步行伙伴从白杖变成了乔伊，周围的空气就完全发生了改变。许多人开始来跟我或者说是乔伊搭话了。

使用白杖的时候，步行终归只是移动手段而已。所以，时间和距离越短越让我感到安心。不过，现如今我可以享受步行本身。散步本身成了我和乔伊外出的目的。我和乔伊一起散步的时间里，也总是洋溢着喜悦的气氛。

"Good（好）！Go！Good！Go！"

乔伊一边弄响项圈上的铃铛，一边用充满自豪感的脚步向前阔步走着。导盲犬几乎不会叫，所以为了弄清楚它们的位置，一般都会给它们的项圈系上铃铛。与工作时的狗绳不同，除了洗澡，项圈会一直戴着。所以在家中每当乔伊一动，铃铛就会响；它仅仅睡觉翻个身，铃铛也会响。

散步的时候，这个铃铛的声音尤其响。大概是我的错觉吧，在家里会听漏的铃铛声，散步时却能听得很清楚。乔伊的狗绳也能将当时乔伊的状态传达给我，不过，更多的时候我是依靠铃铛的响声来判断乔伊是否在紧张，是否在轻松地走着。

为了不让我撞上障碍物，乔伊会为我选择容易通行的道路。当有台阶或拐角时，乔伊也会提示我。然而，犬类无法分辨交通指示灯的不同颜色，所以是否要通过十字路口，需要我自己聆听周围的声音，做出最终的判断。

我的大脑里存在着一张凭借气味、声音和道路表面的感觉而插上旗标的、只属于我的脑内地图。通常我一边确认着自己走在脑内地图中的哪个位置，一边向目的地行进着。尤其值得信赖的是拉面店和炸猪排店。西式糕点屋和弹球游戏店也位于信赖网之中。

即便如此，组成伙伴还没多久的我们，偶尔也会弄错拐角。这时，即使在家附近，也感觉自己蓦地踏入了异次元空间，不禁瞬间一身冷汗。

不过，有乔伊陪在我的身边，我可以向路过的人问路。在使用白杖的时候，自己跟别人搭话问路是非常可怕的事，所以我根本做不到。那时我只能等待着一位主动跟我搭话、向我伸出援手的善良人的出现。

不过现在，即便我误入迷宫，我也会有一种"如果向谁求助，问题肯定能得到解决"的安心感。之前使用白杖时，总是担心如果出现了问题该怎么办，现如今的状况和之前可真是天壤之别。

散步的长度和目的地，根据当天的情况而定。有时会去超市购物，有时会顺道去豆腐店买豆腐和豆渣甜甜圈。

我是在救济院得到救助后，才第一次知道世间还有豆腐这种食物。像这样的食物还有很多，不过其中最让我感到惊讶的一种食物就是豆腐。我不仅喜欢豆腐的味道，也喜欢它的气味。每当闻到豆腐的气味，我的情绪就会平静下来。所以，在散步的路线中就像乔伊在自己喜爱的气味的诱惑下，会不禁偏离路线一般，有豆腐店的时候，我也会不知不觉间走入豆腐店。之后，我会给自己买一块豆腐，再给乔伊买豆渣甜甜圈。每当靠近豆腐店的时候，乔伊都会走得稍微快些。

我散步到得最远的地方就是图书馆。我大体上每两周去一次图书馆。去最近的图书馆，不得不走过一段极其复杂的道路。如果乘公交车大致是三站路的距离，但是对失明的我而言，要边探路边行走，确实要花费大量时间。

我会通过天气预报，选择不会下雨的一天。如果天气太过炎热，我和乔伊都会在中途感到疲顿，所以还要仔细确认温度后，再决定去图书馆的日子。而且，这一天我会停止侍弄庭院，或是简单地修整一下。我会准备好饭团和便当，当然为了奖励乔伊也会带上充足的零食，然后向图书馆走去。

"今天，我们去远足吧！"

这样说后，乔伊就能明白我们的目的地是图书馆。

录音图书的存在，给予了我活下去的希望。有很长一段时间，我都处在如果妈妈不给我朗读书籍，我就无法触摸到故事世界的环境中。之前我不知道世间还存在着由声音构成的书或者说CD。

原本就是录音图书促使我成为导盲犬使用者的。总之我就是想读书。如果我提出请求，那么肯定会找到志愿者协助我去图书馆吧。不过，我很喜欢图书馆里飘浮的空气和书籍散发的气味。所以，比起志愿者一直在我身边等待着，我还是想不在意别人的存在，完全按照自己喜欢的方式待在图书馆里。即便无法阅读印刷的书籍，只要能待在书籍的旁边，我就能安心。

因为我喜欢书籍本来的形态，所以即便借了录音图书，我也会尽可能同时借它的纸质版。随后，我在听录音图书的时候，也会将它的纸质版一起放在面前。我用手抚摩着书的封皮，然后一边想象着大概是这个位置吧，一边翻动书页，同时还嗅着纸张的气味。这样做，我觉得故事能更深入我的内心，我也能更深刻地品味故事世界。

通过录音图书享受阅读乐趣的过程中，我渐渐明白语言中蕴含着海市蜃楼和灵气，它不能作为声音而被置若罔闻，如果不慌不忙地用手心将它包裹起来给予温暖，那么隐藏在语言深处的精华，就会像蒸汽一般慢慢地渗透到语言的薄膜的外侧。

我就这样静静等待着语言与我的体温同化，带上微微的热度。最初，我拘泥于早点听完故事。不过，读书与快慢没有关系。与快慢相比，如何与语言的另一侧所展现的故事世界进行亲密的接触，才是读书的真正乐趣所在。

我向前走一步，然后停在那里，仰望天空感受清风，同时切身体察到语言的气息。我轻轻地将这气息吸入自己的体内，并尽情品味故事。对我而言，读书与进食相似，就是将蕴藏在故事中的生命攫为己有。

我一心希望能自己一个人去图书馆，所以我努力适应没穿习惯的运动鞋，也努力增强体力以便能够步行较长距离。不知何时，我的脚底长出了完美的足弓，铅笔可以顺畅地从中通过。这双足弓牢固地支撑着我的身体。

每次从图书馆借来纸质书和录音图书准备回家的时候，我都会激动不已。坐在位于回家路上的公园的长凳上，我大口吃着饭团，同时因为想早点读到书而坐立不安。这时，我会为自己依然活着而真诚地感到喜悦。

最初开始听录音图书时，我总会在朗读故事的声音中寻找妈妈的声音，不过之后，这种感觉渐渐地变得稀薄，我能够完全沉浸在故事之中。

在专心听故事的过程中，我可以忘记自己的过去，也能了解一个自己未曾知晓的新世界。想再多读一些，想再多听一些，想早点知道故事的后续，诸如这样的欲望也提升了我的生存欲求。

我在沙发上享受阅读快乐的时候，乔伊常常把它的下巴搭在我的大腿上，做出一副专心听故事的样子。乔伊也在用乔伊的方式享受着读书的时光。

不仅仅是录音图书，另外还有其他东西丰富着我这个失明者的生活。数字有声书就是其中的一种。它是只由声音构成的电影。在电影的声音里，还附加了对各种场面和状况进行说明的声音，所以对失明的我而言，能够通过浮想画面而获得乐趣。

另外，如果有声音朗读机，那么就能把邮件和书信读出来，印刷的书籍也可以读出来，虽然要耗费一些时间。这样的机器也能告诉我存折和收据上的数字。此外，还有一些手机软件仅仅通过手机对物体拍照并进行图像解析，就能告诉我那是什么东西。

我不再因为不知道罐头里到底装着什么而不知所措。只要拍一张照片，手机软件立马就能准确地告诉我里面是桃子、柑橘，还是肉酱。去超市购物的时候，我不再担心会弄错盐和胡椒、洗发剂和护发液了。手机软件还能告诉我商品的颜色，所以购物对我而言是一件值得享受的事。

某天，我突然想到可以让手机软件解析乔伊的照片。这样做后，得到如下的结果："它是一只戴着红色项圈的、奶油色的狗。"之前我一直认为乔伊是只黄色的狗。因为别人告诉我它是只金毛寻回犬，所以我就觉得它的毛色是黄色的。看来是我搞错了。于是，我在头脑中将乔伊的毛色修改成奶油色。

存在黄色的鸟，却不存在黄色的狗，要理解这一点对我而言稍有些困难。如果说这是社会常识，那我也只能接受。尽管这样，当我想象乔伊的样子的时候，不知为何，我总会习惯性地感觉到心里有某种东西发出耀眼的光芒。

傍晚时分，我一边听着收音机，一边准备晚饭。不过，也并不是在做什么丰盛的晚餐。将米饭放入电饭煲，然后按下开关任其煮熟；使用颗粒状的汤汁料简单地做味噌汤。蔬菜切后或者直接食用，或者烤着吃。肉和鱼基本上撒上调料烤熟了吃。即便这样，将饭菜摆在桌子上时，也会有一种自己正好好活着的真实感觉喷涌而出。此时，我不禁因为自己与乔伊又平平安安地度过了一天而心生感激。

季节渐渐地转变成冬天。

告诉我冬季来临的是银杏。银杏的气味完全消失后，魁梧的冬日将军就会威风凛凛地站在那里等着我们。

那一天，我们去超市买了东西后走在回家的路上。因为买的东西变多，最近我都会利用超市的运送服务。能够空手回家的我，走出超市后，稍微绕远去了商业街的西式糕点店。在那里买了蛋糕后，我就准备回家了。为了不让蛋糕倾斜，我将它放在了背包的最底层。

正当我和乔伊并排走着的时候，一位女士用客气的语调跟我搭话道："对不起……"她的年龄是六十二三岁，体形消瘦，身高略高过我。对方的相关情况，我渐渐可以通过其声音进行判别。

"您好。"

我的身体转向对方发出声音的方位，并这样说道。每次从这个房子前经过时，我都能闻到馥郁的芬芳，不禁想要深呼吸。

"对不起，突然跟你们打招呼。"

她不好意思地说道。然后，她蹲了下来。

"一直都这么聪明伶俐，真了不起。"

这一次，她对着乔伊亲切地说。她说"一直"，看来她不是第一次遇到我和乔伊。

"如果方便的话，要去喝点茶吗？"

她突然这样说。我由于惊诧而语塞。之前走在路上，有人跟乔伊搭过话，不过邀请我喝茶这还是第一次。

可能是察觉到我内心的困惑了吧，她这样说：

"之前就想和你好好聊聊，不过，总是无法鼓起勇气……所以只能目送你和狗狗走过。随意偷看你们，真是对不起。"

她的声音里夹杂着紧张感。我未曾预料到事情会发展到这个地步。

但是，之前我一直很喜欢这个房子里飘出的气味。难得她跟我打招呼，所以我决定到她家喝杯茶。从对方的声音和说话方式来看，没有迹象表明我会被卷入什么不好的事件中。

"非常感谢。那么承蒙您的好意，请让我喝杯茶。"

我这样回复后，短暂的一瞬间，我似乎看到那位女士露出了轻松的表情。

进入那座房子后，那种匪夷所思的气味变得越发浓烈。

"这是什么气味呢？每次从您家门前经过时，我都能闻到这种气味。我觉得这种气味让人心旷神怡。"

在玄关，我一边松开乔伊的狗绳，一边这样询问她。如果被允许，我真想像乔伊似的，将全身化作鼻子肆意地闻这种气味。

"这是艾绒的气味。"

"艾绒？"

"艾绒"这个词之前从未在我读过的故事中出现过。

"嗯，刚才给我母亲做了灸治，那个气味还残留着。"

"艾绒是植物吗？"

"是的。年轻人估计不知道艾绒这种东西。你听过艾草吗？"

"啊，听过。"

永恒的庭院里也长有艾草。

"把艾草叶里生长的白色纤维收集起来，然后将其干燥，这样就是艾绒。点燃艾绒进行治疗的方式就叫灸治。"

她这样说道。听了她的解释，虽然我还是难以理解全貌，但至少我知道了艾绒是艾草里的白色纤维。

　　因为不是在自己家，所以我本打算让乔伊一直在玄关处待着。不过，那位女士对我说"请和狗狗一起进来"。于是，我用那里常备的湿毛巾，清理了乔伊爪子处的污渍。之后，在那位女士的引导下，我走进了屋子。我通过声音的反射觉察到屋子里放置了很多东西。脚下铺着软绵绵的地毯，它有着近似铜锣烧的表皮的弹力。

　　"请坐在这里，别客气。"

　　她将我引导到椅子边，于是我坐了下来。乔伊立马把我的脚背当成枕头，轻松地躺了下来。

　　"家里有红茶、咖啡、中国茶和香草茶。你喜欢哪种？喜欢什么尽管说。"

　　她打开冰箱，这样说道。

　　"那么，请来一杯红茶。"我说。

　　至今我只喝过几次咖啡。无论哪一次，我都无法直接体会到咖啡的美味。不过，我并不讨厌咖啡本身的香味。

　　"首先，让我们做一下自我介绍吧。突然跟你搭话，肯定让你很惊讶吧。"

　　她一边准备茶，一边这样说。

　　"我叫清水魔里。魔女的魔，故里的里。"

　　虽然她做了这样的解释，但我还是无法在心里描绘出这些汉字的轮廓。所以，我决定在心中称呼她为"魔女魔里女士"。随后，我做了自我介绍。

"数字十，然后和平的和，孩子的子，我就叫十和子。"

感觉魔女魔里女士正目不转睛地盯着我。

不久之后，一杯散发着芳香的红茶被放在我的面前。旁边好像还放着烤制的点心。魔里女士对我说，请品尝。我之前从来没有喝过这么好喝的红茶。

"从哪里说起呢？"

漫长的沉默之后，魔女魔里女士这样嘟囔了一句。之后，她像打定主意似的，开始说道：

"我是在这个房子里出生长大的。这里既是我父母的家，同时也是我的家。现在，我和卧床不起的母亲过着两个人的生活。"

魔里女士是钢琴师。年轻的时候，她为了学习音乐，曾去欧洲留学。就那样她在当地遇到了她口中的金发美少年，并与之结了婚。

婚后生活一切平稳。她生了两个孩子，而且，作为职业钢琴师，她还参加了一些音乐活动。

就在那个时候，她发觉她的父亲患了老年痴呆症。她的母亲无法一个人照顾她的父亲，所以魔里女士频繁来往于欧洲与日本。最开始还有丈夫的协助，不管怎么样还能应付过去。不过，之后他们夫妇的关系出现裂痕。最终，等到小儿子上了小学后他们就离了婚。带着小儿子正式回到日本后，她在这里开了一间钢琴教室，以此维持生计，同时可以照看父亲。

"屋子的最里面,有一间放有钢琴的隔音室。从那里能看到十和子小姐家的一部分。"

粗略讲完自己回到这座房子的经历后,魔里女士开始保持静默。我知道"钢琴"这个词在我心中的某处瞬间产生了反应。

"那个声音,我听过吧?"

我模模糊糊地回忆着当时发生的事,这样说道。在这样说的过程中,那时打开窗户后听到的一连串钢琴的音符,此时似乎在我的耳中轻快地跳跃着。

"我想大概是这样的。"

魔里女士谨慎而缓慢地回答道。

"打开阁楼的窗户后,就有钢琴的乐音流淌进来。之前,妈妈经常让我听唱片,所以我知道那是钢琴声。"

此时,我仿佛穿越到过去,在那窗边聆听钢琴的声音。这不禁让我泪流满面。钢琴的乐音曾抚慰过我内心的那段记忆,倏地复苏了。

魔女魔里女士继续说道:

"所以老早我就注意到了,那里有一个女孩。这一点我务必跟你道歉,真是对不起。那时,我知道你很痛苦,却什么都没有做。当我了解到那个事件后,立即留意到应该是那家女孩的事。"

魔里女士似乎也哭泣起来。

"那不是魔里女士的错,请不要在意。那时的钢琴声给了我很大的帮助。"

我这样说。我想对魔里女士表达我的感激之情。

"听到钢琴声,不知道为什么,我的心就会平静下来。而且那个声音非常优美。"

"因为会打扰到邻居,所以基本上我都是关上窗户后再弹钢琴。不过,偶尔由于照顾病人而感到疲倦、焦躁的时候,我会一边感受着外面的清风,一边尽情地敲击钢琴的音键。我弹着钢琴,同时对人生感到绝望。"

魔女魔里女士用稍微恢复了平静的语气说道。

"不过,我没有听到那样的声音。"我说,"我们老早就认识了啊。"

我这样说着,恰好就在这个时候,屋里响起了鸟叫声。

啪啵,啪啵,啪啵,啪啵,简约的声音规则地响了十二回,与此同时还传来了高音的铃声。可能是很在意这个声音吧,正在睡觉的乔伊稍稍抬起了头。

"啊,已经到中午了。"

魔女魔里女士从椅子上站起身来。

"刚才的声音是时钟的声音吗?"

我兴趣盎然地询问道。

"那是鸽子时钟。到了时间,鸽子就会从窗户里出来报时间。女孩子与之配合敲响铃。十二点就敲十二下。

"我父母去欧洲看望我们的时候,我父亲很喜欢这个闹钟,所以在德国南部买了它。半夜它也会响,非常吵,有时我想不如把它取下来算了。不过,总觉得这是父亲的遗物。

"并不执着于物品的父亲,自己提出来想要某样东西,这确实挺少见的。而且,这种风箱式的声音,虽然有些走调,却让人又恨又爱。"

魔女魔里女士这样说。

魔里女士的说话方式如同小女孩蹦蹦跳跳地走着路似的。所以听到她的声音后,我就像看到了一个背着书包向前走着的活泼女孩的背影。

我无法想象出来鸽子时钟整体是什么样子的,以及通过什么样的构造发出声音,但是,我不由得觉得它是一个非常暖心的存在。随后,魔里女士仿佛稍微加快脚步似的,用轻松愉快的口吻补充了几句:

"那个,我要先离开一会儿了,必须给母亲准备饭菜了。如果十和子小姐的时间还充裕,那么一起在家里吃顿午饭吧。都是些外卖便餐。"

距离取超市买来的东西还有充足的时间。不过,这是我第一次受邀与别人一起吃饭,所以我也不知道该如何回复。我还是很想和魔女魔里女士多聊一些。我也本能地喜欢上了魔里女士。

"可以吗?"

我扭扭捏捏地问。

"当然可以!"

魔里女士立即回答道。

魔里女士灵巧地给自己的母亲准备食物的时候，我一边回忆着那时发生的事，一边沉浸在个人的遐思中。那明明就是我自己的人生啊，却感觉像是别人的人生，太匪夷所思了。

魔里女士拿到了午饭外卖"炸虾大碗盖饭"。我从钱包里取出钱，想要支付我这部分的饭钱。可是，魔里女士说"这是我的一点心意"，断然不接受我的钱。最终是魔里女士请我吃了炸虾大碗盖饭。

打开盖子后，又甜又咸的料汁味和芳香的芝麻油味弥漫开来。

周三的爸爸送来的食物里，偶尔也有炸虾。所以，我自认为知道它的味道。但是，魔里女士拿来的炸虾大碗盖饭里的炸虾，与我所了解的炸虾完全不同。它的外皮上还留有酥脆的部分，芝麻油散发着怡人的香味。而且，浇在炸虾上的料汁，既没有太甜也没有太咸，正好与饭粒浸润在一起。

"太好吃了。炸虾居然会这么好吃啊。"

我这样说。既没有夸张，也没有客套，在我到目前为止的人生里所吃过的炸虾中，这个是最好吃的。

"啊，太好了。不知道为什么，从早上开始就很想吃炸虾大碗盖饭。我呢，因为照顾母亲而感到烦闷的时候，就会像这样，叫一些比较奢侈的外卖，以此消除坏心情。不过，点一份炸虾大碗盖饭是不给送的，所以今天能与十和子小姐一起吃，真是太好了。"

"最近，您不弹钢琴了吗？"

我这样问。刚才魔里女士好像说，在照顾病人时由于疲惫，会一边感受着外面的清风,一边弹钢琴,以此来排遣情绪。

"偶尔会弹。但是,现在由于照顾母亲,没有多余的时间。另外,我患有严重的腱鞘炎,无法随心所欲地弹钢琴。也因为这个,现在音乐教室也处于歇业中。"

"对不起。"

我向魔里女士道歉。她本人若无其事地坦陈着事实,我却一直提着轻率的问题,让她不得不说一些极其痛苦的往事。

"没关系,别在意。我只是把弹钢琴当作爱好,现在稍微和它保持了距离而已,有一天我们的关系肯定会再变得亲热的。"

这样说着,魔里女士向我的茶杯里添加了茶水。因为吃的是炸虾大碗盖饭,所以添的不是红茶,而是绿茶。

厚实的乌贼、爽口的大虾、松脆的莲藕、芳香的牛蒡,都很好吃。我沉醉在美食中,不过,猛然间我暗中留意到了魔里女士的吃饭速度。

魔里女士慢悠悠地、慢悠悠地品尝着饭菜。于是,到了后半段,我也模仿魔里女士,慢悠悠地、慢悠悠地像跟每一粒米饭打招呼似的品味着饭菜。

鸽子时钟用悠扬的声音通告了下午一点的到来。在这座房子里,时间宛若在春日的向阳处一般,温馨惬意地流淌着。

魔里女士撤下两个变空的容器时,我说:

"我之前买了两个蛋糕,如果可以的话,作为饭后甜点,我们一人吃一个怎么样？"

我刚才一直在想这件事。魔里女士坚决不收我的饭钱，所以作为她请我吃炸虾大碗盖饭的回礼，我想送她一些东西。

"可以吗？"

魔里女士用明快的声音问道。我料定她肯定会因为客气而拒绝我。但是，她给了我一个出乎意料的回答，这让我很高兴。不愧是魔女魔里女士。她继续说：

"是电车站前新开的那家蛋糕店的蛋糕吧。之前，我就听到了大家对它的好评。不过，据说如果不在上午去买，就会买不到。我呢，白天没办法离开家，所以只有放弃购买了。"

"这样啊，那刚刚好。我因为好不容易去一趟，所以经常会买两种不同的蛋糕。蛋糕就放在玄关那里，魔里女士，请选择您喜欢的。"

我这样说。今天我也买了布丁蛋糕和泡芙蛋糕。在这个店里买蛋糕，对我而言，可以说是唯一的奢侈。刚才为了防止盒子倾斜，我已将它们从包里拿了出来。

"那么，承蒙你的好意，我就不客气了。"

魔里女士说完，就用"嗒嗒嗒嗒"轻盈的步伐走向玄关，然后拿起西式糕点店的盒子走了回来。迅速打开盒子的盖子后，魔里女士发出了欢笑声。我的内心颇为自豪，感觉就像是我亲手做了这些蛋糕似的。我觉得我似乎可以和魔里女士成为好朋友。

蛋糕放到面前后，我们又开始天南地北地聊天了。交谈突然中断，魔里女士冷不防这样说道：

"其实，听说我母亲曾经见过几次年幼的十和子小姐与你的妈妈。我说说这个事，你不介意吧？"

我明确地知晓此时的魔里女士正盯着我。

在了解我的过去的人中，有些人会特意不去碰触这些话题。我也知道他们是为我好。但是，魔里女士不是这样的人。

"当然不介意，请告诉我。"

我说。魔里女士在我的面前吸了一口气。然后，她一口气说了下面的内容：

"我的母亲因为身体状况有些怪，所以不能长时间睡眠。她年轻的时候似乎就是这样的，当睡不着的时候，她就会半夜在附近散步。

"某天，我母亲在电话里跟我说了一件事。那时，我还在留学。她说，昨天半夜走过公园的时候，发现一个女孩和她的妈妈在玩娱乐器械。那个妈妈用围巾把自己的头裹得严严实实的。

"我想可能是我母亲觉得那太异常了，所以才在电话里提起这件事。不过，我觉得有些浪费电话费，而且用围巾裹着头部，可能是伊斯兰教女信徒，也没什么好奇怪的，所以我就没当回事。"

根据报道的内容，我的妈妈因为不希望被别人看到她的脸，所以几乎不外出。如果非外出不可，她就会围上能将整张脸遮住的围巾。

不过，我特别注意到了一点。

"小女孩与妈妈在公园里玩,是吗?也就是说……"

那不是我。因为在我二十五年的人生中,我只出去过一次。就是我十岁生日的时候,妈妈带我去照相馆的那次。那是我唯一的一次外出。

"女孩子好像非常开心地在半夜溜滑梯,玩秋千,在沙坑里玩沙子。所以,我母亲不禁疑惑大半夜的为什么会这样。不过,她也没有和她们搭话。她说,她们看上去就是普通的母女。"

我听着魔里女士说的话,心情如同被卷入旋风中一般。不过,我依然没有搞清楚情况。此时我只能默不作声。

"抱歉,说了些奇怪的事。你不要在意,有可能是我母亲记错了。"

魔里女士说。

"不过,这个蛋糕可真是好吃啊。"

魔里女士转换了话题。

最终,我在魔里女士家待到了下午两点多,除了绿茶,她还请我喝了中国茶。

"太开心了。"

在玄关处,我一边给乔伊系狗绳,一边这样说。

"我也很开心!"

魔里女士似乎发自肺腑地说。

"如果可以的话,作为朋友,之后我们再在一起喝茶或吃午饭吧。"

"当然，非常期待。"

我回答道。

"感谢您请我吃炸虾大碗盖饭。真的很好吃。"

"我才要感谢你请我吃了美味的泡芙蛋糕。再见。"

魔女魔里女士也向乔伊打了招呼。于是，我和乔伊并排走了出去。

眼前浮现出的是，深夜的公园里，与年幼的女儿一起玩耍的母亲的剪影。那怎么会是我呢？我几次否定了那样的想法。那应该不是我和妈妈。原本我连外出的鞋都没有。不过，如果，如果那是我和妈妈的话……

也就是说，曾经我和妈妈也像其他母女一样，在公园里度过了一段欢乐玩耍的时光。溜滑梯、坐秋千、在沙坑里玩，我以为这些只会出现在梦中。莫非我也经历过这样的时光？

虽然难以置信，但如果真是那样的话，对我而言，那就是无比幸福的事情。至少，我和妈妈的关系不是世人所说的那种扭曲的亲子关系，妈妈心中也有极其常见的母爱。这样的母爱哪怕只存在于短暂的瞬间，哪怕只有一块碎片，我也不是别人所想的那样不幸。我觉得这就是确凿的证据。

不久，永恒的庭院里，山茶花盛开了，我和乔伊第一次一起度过了冬天。乔伊虽然是狗，却很喜欢被炉。我钻进被炉里读书的时候，乔伊会模仿我，将自己的屁股和尾巴塞进被炉里。但是，一段时间后，可能是因为身体变热了吧，它就会慌慌张张地从被炉里跑出去，然后一边"哈哈"地喘着气，一边躺在地板上冷却身体。之后，它又钻进被炉里取暖。

解开狗绳待在家里的乔伊，一副散漫的样子，让人根本想不到它是现役导盲犬。对具体情况一点都不了解的人，来到家里初次见到乔伊后，会误以为它是普通的宠物犬。一旦跟对方说明乔伊是导盲犬，多数人都会毫不掩饰地露出惊愕的表情。

有时乔伊看到对方有这样的反应，会不禁感到兴奋。不过，一旦戴上狗绳开始工作，乔伊就能出色地完成任务，不输给任何一只导盲犬。

新年过后，渐渐地，空气中混合着各种香味的胶囊不断增多。我和乔伊一边并排走着，一边寻觅这样的胶囊，然后用自己的气息将香味使劲吸过来，让香味渗入体内。这样做后，就会切实感受到自己的世界变得更加丰富多彩了。

那一天，时隔五年下了一场大雪。通过雪的气味就能清晰地辨别出外面的世界里堆积着雪。五年前降的那一场雪，就是我从阁楼的百叶窗伸出手，用手心接住雪的那一次吧。

"下雪了。"

我凝望着永恒的庭院里的积雪，对乔伊这样说。乔伊发出了"呜呜呜"的撒娇声。

"乔伊，想去外面走走吗？"

我这样说完，乔伊同样用鼻子发出声响。

"不过，那可是雪啊。你能顺利地在雪里走吗？"

我这样问后，乔伊兴奋地左右剧烈地晃动着尾巴。

"乔伊，这样摇尾巴身体会变冷哦，可能会感冒。"

我笑着这样说，但乔伊仍然摇着尾巴。乔伊的尾巴就像电风扇似的扬起风来，并将冷风送向我的身体。

"好的，那么我们就去散步吧，在堆积着雪的路上走走。"

对于我的话，乔伊由于太过开心而跳了起来。我让乔伊在庭院里上了厕所后，我们就出发了。

外面太过安静。整个城市被密不透风的静寂包裹着，似乎除了我和乔伊，再没有其他人居住其中。雪已经停了。

每当乔伊踏在雪上，就会发出"嚓嚓"的声音。感觉这个声音像是吃苹果的声音。苹果是乔伊最喜欢的水果，当我站在厨房开始削苹果皮的时候，它就会从某处飞奔过来，向我乞求"快点给我吃吧"。

长靴底传来的是雪被踩结实的感觉。这明明是我经常步行的散步道，脚底传来的感觉却与之前的不同，我的内心不禁产生在未知的城市进行旅行的奇妙情绪。雪让世界焕然一新。

原本导盲犬必须告诉用户台阶的存在，但是因为下雪，很难判定台阶的位置。所以，这无论对于我还是对于乔伊，都是很好的雪路步行训练。

"好棒，乔伊，好棒！"

每当乔伊正确地告诉我拐角存在的位置，我就会这样夸奖它。

在与乔伊一起行走的过程中，我渐渐地明白了哪里有拐角。当旁边有建筑物或墙壁的时候，我就会产生闭塞感；不过，当建筑物或墙壁消失，道路变得宽敞的时候，我就感觉一下子被解放了。使用白杖步行的时候，完全不会有这样的感觉。果然与乔伊一起走，能让我变得游刃有余，并从视觉以外的感觉得到信息，同时也不断磨砺了我重构世界的能力。

经过魔女魔里女士的家，依然可以闻到艾绒的气味。艾绒的气味与雪的气味混合在一起，闻上去感觉就像自己身处陌生的国度一般。

在那之后，我和魔里女士又喝过几次茶。魔里女士家里常备许多茶叶，每次都不使用茶叶包，而是用正规的方式泡茶。魔里女士不怎么离开家，所以，总是我和乔伊被叫去。

常常被叫到魔里女士家喝茶后，我才发现即便是同样的杯子，注入冷水、热水或沸水，发出的声音也会有微妙的差异。我很喜欢水的声音，所以当魔里女士向水壶里倒水，或向小茶壶里倒入热水的时候，听着它们的声音我就会心满意足。

魔里女士曾给我做过一次灸治。我说肩膀有些酸痛，魔里女士就说做做灸治就能好，于是当场给我做了灸治。只要回忆起那时的事，我就不禁心旷神怡。感觉就像森林里的年老精灵用烟雾给我施了魔法似的，让人心荡神驰。灸治结束后，肩膀周围一下子轻松了许多，令人惊诧。

因此，魔里女士的家中，被清晰地刻上艾绒的印记。每当我遇到这样的气味，心情就会变得舒畅，感觉肩膀轻飘飘的，失去了重量。

与魔里女士相遇并成为朋友，给我的人生带来了重要的意义。无论是乔伊、铃儿，还是魔里女士，我都因为与他们相遇而受益颇丰。

走在雪路上，我认真地思索着这些事。

低垂着黄色花朵的蜡梅悄悄地告诉我：虽然现在的风还很凛冽，但是春天马上就要来了。如同冲淡的蜂蜜般的幽香预告着冬天的终结。

接下来是瑞香。

到了夜晚，瑞香的存在感越发增强，那又酸又甜的香味告知我，春天的到来已是既成事实。不久，紫玉兰的香味也与之共舞。

紫玉兰的花瓣一下子凋零后，就会飘出近似香蕉的清爽、甘甜的香味。随后，含笑花就登场了。含笑花把接力棒交给广玉兰后，季节就向着夏日一瞬间加速了。

我就像拉近轻盈地飘浮在空气中的、柔软的羽衣一般，锁定某种香味，然后用力吸气。空气中经常有几种香味仿佛在翩翩起舞似的混合在一起。

如果某处的院子里飘来香味，我就会靠近香味的出处，如果运气好那里有人，我会向那个人询问花的名字。在与乔伊散步的过程中，我自然而然地掌握了这样的技艺。于是，我通过香味记住了花的名字。

运气极佳的时候，院子的主人会将花枝分给我。那时，我就小心翼翼地把它拿回去，先在小花盆里扦插，等它顺利长出根后再移植到永恒的庭院里。于是,永恒的庭院里增加了新伙伴。

不仅仅是花,所有的东西、所有的人都是有气味的。如同用手指触摸各种东西会留下指纹一般,在那个场合,人或物也会留下气味的痕迹。

我发现自己初次闻某种气味的时候,与左边的鼻孔相比,右边的鼻孔闻到的气味,能更加鲜明地呈现出事物的轮廓。同样的气味,左右两边的鼻孔闻起来会产生微妙的不同。我还是更喜欢用右边的鼻孔闻气味。

所以,我一般都是先用右边的鼻孔闻气味。当遇到自己喜欢的气味时,我开心得想要躺在那里手舞足蹈。

不知从何时开始,对我而言,人的存在就如同花束。每个人都有各自的气味,各不相同。这就好似将许多花收集在一起并扎成一束,有的人散发着浓烈的香味,有的人散发着虽有些枯萎,却不令人厌烦的复杂的气味。即便是一个人的气味,里面也混合着多种味道,将它们集合在一起,就会构成此人独特的花束。

那天是夏至日。

我和乔伊换乘电车,来到约定好的动物园前面的车站检票口旁,然后在那里等待那个人的到来。稍前,我遇到了一本与动物相关的有趣的书,读完这本书后,我怎么也无法抑制想去动物园的心情。于是,我提出了申请,希望有一位志愿者作为陪伴能跟我一起去动物园。那位志愿者的日程与我的日程，最近的重合点恰好在夏至日。

"让您久等了，抱歉。"

对面一束飘着芬芳气味的花束靠近了，我一边这样想着，一边内心充满期待地等候着，很幸运正是那个人。在视觉障碍者中，有的人通过声音对对方产生第一印象，而我多数时候是通过气味对对方产生第一印象。

那个人的身上散发着健康的气味。这种健康，不会令人不快，而是宛如晨曦一般，有着通透、澄澈、怡人的香味。

"今天您能特意腾出时间来，真是非常感谢。"

我伸出右手，对方也伸出右手，于是我们握了手。这是我自己想出的了解他人的方法，那就是不露声色地将与对方握过的手放在鼻子前嗅味道，这样就能更加近距离地感受对方的气味了。

就这样，即便没有得到名片，我也能在嗅觉的记忆褶皱里，留下那个人的存在。气味发挥着身份证的作用。

"我叫田中理人。请多多关照。"

眼前的这个人，用略带紧张的口吻说道。感觉他的年龄是二十五六岁。身材瘦削，微笑着说话时发出的爽朗的声音给我留下了深刻的印象。"理人"像是外国小说中出现的名字。似乎写成"理性"的"理"，"人类"的"人"。

"我叫十和子，这个毛孩子叫作乔伊。"

我一边抚摸着静静地卧在我脚边的乔伊的头部，一边这样介绍说。

挺偶然的，我和他的姓氏是一样的。互相称呼对方为田中有些怪，所以一开始我们就略去姓氏，只称呼对方名字。

"那么我们出发吧？"

理人君说。我让乔伊站起来，然后将自己的右手搭在理人君的肩上。他似乎并不高。

理人君配合着我和乔伊的步行速度，缓缓地先行一步。于是，我自出生以来第一次走进了动物园。

我拜托理人君用语言向我描述动物的样子。我希望他能实况直播眼前的动物在怎么样活动，用什么样的姿态进食。我想一边感受动物发出的声音和气味，一边听理人君的讲解，同时在脑海中立体地呈现出动物的形象。如果这样的期望可以实现，那我该有多开心啊。

理人君和乔伊没有催促我。之前有志愿者陪伴的时候，因为要让对方等待，我不禁会产生罪恶感。不过，对理人君，我一开始就没有产生过歉疚感。这一点连我自己都感到不可思议。

可能是因为理人君自己也很高兴能看到动物吧。与之前照顾过我的志愿者相比，理人君明显属于不同的类型。所以，我不必跟他客气，只要享受与喜爱的动物相遇的喜悦即可。

"现在，小猴子正在向十和子小姐飞吻。"

"大象拼命地用鼻子卷起沙子撒在自己的身上。"

"刚刚狮子站起来伸了懒腰。"

"两只长颈鹿弯着腿并排坐着,正在 mingxiang。"

过了一会儿,我才反应过来"mingxiang"就是"冥想"。理人君的说明,或者说是自言自语,独特而有趣。

中途,让乔伊上厕所休息了一会儿。我和理人君吃了冰激凌,喝了可乐,补充了营养。因为天气炎热,如果不频繁补充水分,人和狗都受不了。

我们坐在树荫下的长凳上,稍事休息。

后背和额头流着汗。想到身边存在着平日绝对不会见到的各种动物,我就不禁心花怒放。在动物园里吃的冰激凌,比之前吃过的冰激凌口味更加醇厚。

每当有风刮起,动物们的气味,就如同敬献贡品一般,恭恭敬敬地被吹拂了过来。大概很多人觉得失明是一件很不方便的事,不过,对我而言,这已经习以为常。确实,如果眼睛能看见,那么遭遇讨厌的事或可怕的事的概率会降低。但是,即便能看见,讨厌的事或可怕的事也未必会消失。不,可以说正是因为能看见,所以讨厌的事或可怕的事反而增多了吧。

而且,正因为我看不到,所以我可以自由自在、永无止境地进行想象。我没见过真正的大象、长颈鹿和狮子。它们都是生活在我想象中的生物。

不过,我可以利用听觉、嗅觉、触觉等其他感觉,以此弥补视觉缺陷带来的信息不足。如同用黏土塑造某种立体形态一般,我能够用透明的手，塑形我自己的大象、长颈鹿和狮子。等以后技术发达了，人们或许可以将我头脑中的形象直接转化成具体的形态，然后将这些东西与真的大象、长颈鹿和狮子做比较。那时可能会因为两者之间差异过大，而让人大吃一惊并且捧腹大笑吧。

"这算是不认输吧。"

我明明没有想要将我脑子里正在思考的事说给理人君，可不知道为何，我还是希望出声说点什么。

"不认输？"

"我自己没觉得失明是一件不幸的事。当然，也会有许多不便的事。"

一瞬间，我似乎忘却了今天我才刚和理人君相会。此时的心情就像在阁楼上与洛斯玛丽交谈一般。不过，理人君确实是几个小时前刚与我相见，并协助我这个视觉障碍者的志愿者学生。

"十和子小姐是被光守护着呢，还是自己本身就是光？"

"被光守护着？我？我自己明明看不到光啊？"

我不理解理人君到底想要表达什么。

"刚才，我不是在等你吗？那个时候，我就觉得十和子小姐看上去像光。说实话，这光太耀眼了。"

我也回想起了几个小时前相遇时，理人君给我留下的第一印象。

俊美健康，一个会被他人喜爱的花束般的人。那时的感觉，我无法顺利地用语言表达出来。既然无法顺利地用语言表达出来，我就只能将手中剩下的甜筒放入嘴中，大口咀嚼。

对我而言，比起失明，忍受饥饿要更加痛苦。嚼着甜筒，我蓦地想到这些。我绝对不要再体验那种饥饿的感觉。唯有这一点清楚无误。

"我们走吧。"

乔伊比我更早地对理人君的话做出反应，它立即站起身。

我很想以后去非洲，近距离地接触那些没有被饲养在动物园，而是可以自由地在大地上移动的大象、长颈鹿和狮子。

站起身的瞬间，我突然这样想道。虽然知道这是个浩大的、过于奢侈的梦想，不过我还是强烈地渴求着。我挺直背，想到这也并非完全没有可能，另一个自己站了起来。

粗略看完动物后，从相见到现在已经过去几个小时。我们在所有的动物前面停下来看了看，偶尔动物在午睡，我们就坐在长凳上一直等到它们醒来，所以花费了大量时间。乔伊果然因为疲倦，脚步变沉了。

向着出口走去的时候，理人君道歉说：

"对不起。"

"哎？"

我不明白他为什么要道歉。我疑惑着究竟发生了什么。

"因为我不擅长解说，没有起到任何作用。"

理人君低声说道。

"不，不是那样的。今天能够来到动物园，我感到非常开心。"

刚才在儿童动物园里，抚摸动物所产生的感觉及它们的气味，依然显著地留在我的手心。其实我很想参加乘着矮马在园内散步的旅游项目，不过这个只限于小学以下的幼儿乘坐。

取而代之的是，我能够直接用手触摸兔子、豚鼠、山羊与驴。果然，亲手抚摸感受它们的形态，嗅它们的味道，才能鲜明地领悟到身边存在着生物啊。每只动物的毛的手感都不同，即便是同一物种的动物，它们的心跳速度、气息节奏、从嘴里散发出的气味，以及整个身体的温度和湿气，也都迥然不同。

"谢谢。"

我一边回忆着抚摸动物时的感动，一边再次向理人君致谢。之后，理人君突然停了下来。

"那个……"

理人君这样说，语气像是被逼得走投无路似的。我也停下了脚步。

"如……如果可以的话，以后我们还能见面吗？不过，不以这样的方式。"理人君稍有些结结巴巴地说。不以这样的方式，也就是说不以志愿者的身份吧？在拥挤的人群中，我倏地伸出右手。这只手是自然伸出去的，速度快于大脑的转速。

理人君的双手轻轻地包裹着我的右手，就像包裹着郁金香的花瓣。我想要跟理人君再次见面，能够再见到他，我会很高兴。我一边在动物园里走着，一边祈祷能再次和他见面。

离开动物园后,我们一起走过一段较短的距离,最终来到车站。

"双手生花[1]。"

我这样说。本来想开玩笑,但理人君没有给予任何评价。

我和他在车站分别。分别之后,我在电车里一遍又一遍地嗅着右手手心里的气味。今日的光、风、动物们和理人君的气味混合在一起,我就像一瞬间看到了彩虹,而且是双层彩虹。

因为长时间在外,乔伊已经有些疲惫了。它把我的运动鞋当成枕头,呼呼大睡起来。女子高中生们似乎近距离地观察到了它的样子,不禁呵呵地笑起来。虽然难以判断她们是初中生还是高中生,不过仔细地分析了气味后,我还是觉得她们是高中生。乔伊有一种无论在哪里,都能让那里的空气变得明朗、欢快的才能。

不是我,而是乔伊是光。我无法像太阳那样依靠自己的力量发光。乔伊来了之后,才让我能笑着度过每一天。

有时我觉得自己在划船。不过,为了不漏听换乘的车站,我将注意力集中在车内广播上。

闭上眼睛,我可以看到幼年时自己透过阁楼的窗户仰望天空的侧脸。头发在清风的吹拂下不停摇曳,这个孩子专心致志地仰视着蓝天。如果告诉她,你也会迎来这样幸福的日子,那么她会相信吗?

---

[1] 双手生花:日语中的惯用语,指一个人占有两个美好事物。——译者注

从那天开始,整个夏季几乎每一天我都是和理人一起度过的。他是研究生,而且毕业之后会继承老家的旅馆,所以有许多空闲时间。

理人把我带到美术馆,努力使用语言给失明的我讲解眼前的绘画和雕刻。绘画和雕刻不能像动物那样动起来。另外,也不能用手摸,所以我觉得有些意犹未尽。不过,与理人约会本身是我人生的重要活动,作品能欣赏到何种程度也不算什么问题。

对我而言,与美术鉴赏相比,我更喜欢之后消磨时光的美术馆咖啡屋的氛围。那里的天花板很高,空间开放,人们交谈的嘈杂声如同管弦乐的演奏一般,让人心情愉悦。在空调制冷效果极佳的美术馆咖啡屋里度过盛夏的炎热午后,对怕热的乔伊而言,再舒适不过了。

跟魔女魔里女士汇报我已经有男友了,她觉得我穿旧衣服不合适,所以送给了我浴衣和腰带。她还帮我穿上了浴衣,于是,有生以来我第一次去参加了花火大会。

基本上约会的时候,乔伊都会同行。不过,既然是花火大会,考虑到它会感到恐惧,所以我就把它留在了家里。我一只手拿着白杖,另一只手搭在理人的胳膊上,悠闲地向前走。与理人挽着胳膊一起走的时光,令人倍感珍惜。

烟火很美。或许是错觉吧,我可以感觉到光的浓淡,烟火的声音直达我的体内,引起了内脏的共鸣。我想象着夜空里绽放的大朵烟花,不禁陷入不知所措的窘境。身边飘着淡淡的火药味,不容分说地刺激着我的本能。

从花火大会返回的路途中，我第一次嗅了理人的脖子的气味。我就像乔伊一样，不间断地、剧烈地吸着气，将充满理人的气味的胶囊，毫无保留地吸进体内。然后，我还认真地嗅了他脸部的气味。

坐在公园的长凳上，我们静静地将嘴唇重合在一起，此时，我想起了与洛斯玛丽的那个初吻。那时，对我而言，可以称之为朋友的，只有洛斯玛丽一个人。

回到家里，脱了运动鞋，换了浴衣，大致让乔伊散了步，吃了零食后，我和理人安静地将身体靠在一起。我们仅仅是抱着对方的身体。

"这样抱着，我似乎可以看到理人君的脸。"

我们长时间地抱着，一动不动如同雕塑。之后，我用双手仔细地抚摩理人的头部。

下巴、喉结、耳垂、嘴唇、眼睑、颧骨、头发。

探索完他的头部后，再将搜索范围拓展到他的全身。

我让自己的脸蛋和手心，在理人的身体表面游走着，借此搜索"滑溜溜"。然而，同样是滑溜溜，妈妈的滑溜溜和理人的滑溜溜，在弹力上全然不同。

"男人的身体和女人的身体，果然不一样啊。"

我这样说，心情如同哥伦布发现了新大陆。理人就像在表扬我似的，抚摩着我的身体。

理人也探索着我身体的每一个部位。连我自己都不知道，自己的身体中心竟然存在着如此深邃的洞窟。随着理人的手指的移动，我感觉我的身体也在不断融化。

　　身体重合在一起，互相的距离也缩短了，我们互相渴求着，并相信不久身体和心灵会融为一体。懵懂无知的我们，在盛夏，反复表达着爱意，反复满足着情欲。

　　夏至相遇后过了两个月，理人向我讲起曾流传于印第安人之间的关于毛驴的寓言。我俩一丝不挂地躺在床上。

　　突然，理人说：

　　"在某个地方，有一个年龄很大的老爷爷，以及一头同样上了年纪的毛驴。某一天，毛驴掉进了枯井里，没办法从里面出来。

　　"毛驴因为恐惧和悲伤而痛哭起来。看到这样的情景，老爷爷也悲哀起来。不过，无论他怎么做都不能将毛驴救出来。如果就这样保持原状，可能会有孩子掉进井里。所以，老爷爷决定把井埋了。"

　　"不过，毛驴呢？毛驴不是还活着吗？"

　　我说。在儿童动物园里抚摩过毛驴的温煦，在我的手心复苏。

　　"嗯，不过对老爷爷而言，也无能为力。他叫来人帮忙，从上填入土，将活着的毛驴和井埋了。"

　　"太过分了。"

　　我说。如果乔伊遇到这样的事，我也会一起跳进井里，然后认真思考让它出去的方法，哪怕只让它一个出去。但是，老爷爷竟然对自己珍爱的毛驴见死不救。我根本无法理解他。

"不过,接下来的故事就非常精彩了。"

理人用手指抚摩着我的头发,这样说道。

"毛驴并没有被沙土掩埋,它将掉在背上的石头和泥土抖落在脚边,然后一点一点地踩在上面,这样一来,井的底部就渐渐抬高了。最初这是一口靠毛驴自己的力量无法爬上来的深井,最后年迈的毛驴却能轻易地爬出来。"

"然后呢?"

我没有想到故事竟会这样展开。我想要快些知道结果,心里不禁痒痒的。

"最终,毛驴从井里爬了出来。然后,头也不回地离开了。"

理人说。

"头也不回?也就是说,与老爷爷诀别了?"

我揣摩着毛驴的心情,这样说道。

"大概,就是这样吧。"

理人模棱两可地回答道。

理人知道我之前经历过什么事。虽然我没有具体地向他讲述我的事,不过说个大概,他立即就能通过网络查到事件的详细信息,并毫不隐瞒地将这个情况告诉我。

如果会因为这个事而被理人甩了,那么我觉得还是在关系尚浅的时候被甩为好。所以,在较早的阶段理人就知道我往日经历过的事,反而让我感到轻松。而且,理人对我说,这则寓言与那些事没关系。

不过我觉得他突然讲这样的寓言，似乎在暗示两者之间还是有关联性的。我也不了解理人的真正意图。

"与十和儿相遇后，我就想到了这则寓言。因为十和儿一直坚强、积极地活着。"

像这样评价我的，不仅仅是理人。这确实是事实。不过，我从来都没有觉得自己是一个积极的、坚强的人。与乔伊相遇之后，我才变得比之前更加积极乐观。多亏了乔伊将我引向了光明的方向。

不过，之前的我，绝不是一个积极乐观的人。原本我一直身陷于幽暗之中，我甚至不知道光存在于哪里，也无法正确判断哪儿是前方，哪儿是后面。

我说：

"我非常胆小怯懦。不过，那个时候周围没有人可以帮助我，我只能依靠自己。"

所以，我什么东西都捡，什么东西都吃，就这样活了下来。

"另外，还要感谢故事。"

妈妈到底带着怎样的目的给我朗读书籍，我不清楚。但是，我被故事拯救了。不折不扣地救了我的命。无论现实世界如何艰辛，故事都会给我提供一个逃避的场所。如果从我的人生里剥夺了故事，那么我就会放弃生命吧。

"对我而言，故事就是我的救命恩人。"

我说。如果故事有姿容和形态，那么我要像对理人那样，将故事抱在怀里,让故事含着我的乳房,然后用手掌轻柔地、轻柔地爱抚它。

之后,我和理人轻轻地接了吻,牵着手睡着了。

我和理人每天必然做一次爱。也没有做出什么约定,只是结果自然变成了这样。偷工减料或带着敷衍了事的心情将身体交合在一起的事,从来都没有发生过。当我们赤身裸体抱在一起的时候,我们总是带着一决高下的严肃态度。

不仅仅是我,就连理人,为了拼命填埋无限的空白,也渴求着我。当他在我耳边问我舒不舒服的时候,我只能诚实地点点头,这不禁令我感到羞涩。

这就是我和理人的全部。我常常渴求着能更多地了解他。

"十和子在之前的人生里,有想过去死吗?"

夏日将要结束的某个傍晚,理人进入我的身体,同时这样问我。

"好像没有。"

我回忆着能够回想到的过去,回答道。

"理人君你呢?"

我这样反问。

"有过。之前的人生里,我想过好几次。不过,与十和儿相遇后,我就再没有想过。"

理人说。

理人似乎哭了。我将舌头伸向理人的面庞,然后用嘴唇轻轻地、柔和地吸起泪珠。理人的泪珠在我的舌头上蒸发。虽然难以用语言表达，不过，理人的眼泪的味道，明显与妈妈的眼泪的味道不同。自出生以来我第一次明白，每个人的眼泪的味道都不同。之前我一直以为每个人的眼泪的味道都是一样的。

"好痒。"

我一边抚摩着理人的头发，一边发出这样的声音。我回忆起曾经小猫崽灰灰也对我做过相同的事。痒的感觉不久就变成了舒服的感觉。

现在回想起来，我也有过几次差点死去。不过，那个时候，我从没有想过要自杀。对我而言原本就没有死亡这个选项。

被理人的胳膊抱着，我明白了能够感受到光的不仅仅是眼睛。即便我的眼睛看不到，也绝不能说我的人生里没有光。我自己可以创造光。因为当我的身体和理人的身体重合在一起的时候，我的确感受到了光的存在。

理人让我明白了这些。

我不禁想到，之后还要和理人的身体重合几次才会觉得满足呢。

不过，最初我的大脑里的一个角落就知道事情会变成这样。我和理人进展得太迅猛了。迅猛到连我们自己从中途都赶不上这个速度了。这就如同玻璃器皿里盛放的刨冰融化消失一般，是转瞬即逝的事。一个夏季的恋爱。

我脱下袜子赤脚在庭院里度过了一整天。永恒的庭院里，山桃草的花朵盛开了。那是形如蝴蝶的、令人怜惜的花朵。然而，它的花语是"短暂的爱"。这是多么残酷的表达啊！每当这个词组在我的大脑中闪过，我都厌恶地想要吐口水。

在神魂颠倒于理人的爱的期间，永恒的庭院里杂草丛生。我一边除草，一边冷静地思考自己到底被理人的哪一点吸引呢。

确实，约会很开心。一边听着理人的随意的解说，一边看着理人推荐的动漫电影，的确很有趣。我也知道了使用别人的身体让自己舒服的方法。

与理人相遇后，我由衷地喜爱上了夜晚。想到我和理人可以看到相同的世界，我就会体验到一种从未有过的浓稠的安宁感。

不过，我怎么都想不出来恋爱对象一定要是理人的理由。对理人而言，恋爱对象一定要是我的理由，真的存在吗？

失去理人后，填补我的日常的是虫子们。每天有很多访客。不，对它们而言，也许我才是外来人吧。

螳螂、瓢虫、青蛙、蜗牛。

发现这些访客后，我会轻轻地将它们抓起，然后让手机摄像头对准它们，给它们拍照，并用手机软件解析照片。如果能顺利拍到照片，那么就可以知道这种生物的名称。要拍到运动较快的蝴蝶和蝉有些难，如果是运动较慢的生物，那么就能以十分之一的概率顺利拍到照片。

于是，我和虫子之间的亲密感加深了。

偶尔，我的手掌里会包着一只即将到达生命晚期的蝉，这不禁让我感受到生命的短暂。看到将要去世的蝉依然挣扎着想要从我手中逃跑的样子，让人顿生怜悯之情。手朝着天空想要放走蝉，它会用尽最后的力量展翅飞去。

这些恰好是冷却一个夏季恋爱的燥热的良药。

"初恋，原来就是这样啊！"

我酌情简述了夏季发生的一连串事情后，铃儿若无其事地直言道。

铃儿的身旁放着两张叠在一起的坐垫，坐垫上面睡着一个一岁的小孩。乔伊紧紧地贴在一岁小孩的旁边。它似乎喜欢他的气味，从刚才就一直贴在他的身边。我不知道如何与一个一岁的小孩接触，所以就没有碰他。

铃儿带儿子过来玩。我给铃儿端出麦茶，然后继续交谈。

"就是那样啊。"

片刻后，我这样说。从刚才起风铃一直在响。外面依然炎热，不会想到已经到了秋季。

"怎么说呢，仅仅凭姓氏相同这一点，就能感觉到命运会怎么样。"我说。

每当风铃发出"丁零零"的清澈的声音，我就会想到自己被理人的胳膊抱着时看到的梦幻之光。理人的汗水与泪水的味道就会在我的舌头上复苏。

"对啊，日本有很多人姓田中，遇到的概率高也是理所当然的。每次遇到姓氏相同的人就要恋爱，那身体也吃不消啊。"

铃儿满不在乎地说道。

"不过呢……"

我依然有些犹豫不决。我和他之间发生的事,就简单地用"短暂的爱"这个词组了结了,实在无法让人释然。

"十和儿,这样的事也是常有的。那个叫作理人的男人,不是想成为电影导演吗?他跟失明的十和儿接近就是为了取材。这种厚颜无耻的男人,还是早点忘记为好。"

理人之前确实说过想要攒钱拍电影。他继承老家的旅馆也是为了积攒资金。

分手的时候,他自己也说了,自己对失明的人感兴趣。对于这样的事,我尽可能不去深究,但是,铃儿不依不饶地追问着。

坦白说,我的年龄比铃儿大。不过,她却一直处于姐姐的立场,这一点从来没变过。

"可是,他很体贴啊。"

铃儿指出的内容都对,但是,我无法亲口说理人的坏话。确实一个夏季已经结束,这是事实。不过,一个夏季的恋爱也有一个夏季的恋爱才能品味到的酸甜美味。毫无疑问,对我而言,这就是初恋。

"不过,那个名叫理人的男人,也不是什么十恶不赦的坏人,这算是不幸中的万幸。十和儿如果被男人骗了,还要养着他,那可就糟了。"

铃儿像姐姐一样正颜厉色地说道。养男人之类,我也没东西可养啊。

"那么,如何判断对方是好人还是坏人呢?我又看不到。"

我用严肃的口吻说。如果是铃儿,应该会给予我明确的答案。铃儿继续说:"十和儿,人重要的是内在,而不是外貌。对方有什么样的想法,之前走过了怎样的人生,具有什么样的价值观,金钱观是否与自己相近,这些不是更重要吗?"

虽然我也不是因为外貌而选择了理人,不过,我没有反驳铃儿的话。失明的我,原本也不可能通过外貌来判断他人。

"价值观啊,可是,价值观一类的东西,不互相聊聊也是不可能了解的。"

我这样说后,铃儿又开始对我说教:

"所以通常会慢慢地聊聊,然后再脱衣服赤身裸体,这才是正常流程啊。最初就从肉体关系开始,十和儿你也太胆大妄为了。"

"可是,回过神来时,确实渴求对方的身体。根本停不下来。感觉身体被拆开了。这种感觉真是舒服。"

我坦白道。因为对方是铃儿,什么都可以对她说。

"我说……"

铃儿发出了惊愕的声音。

"唉,我这是生过孩子的身体,你那种感觉,还真让人羡慕啊。现在,我忙于照顾孩子,没时间和丈夫亲热,也没那个激情了。"

"啊,是吗?已经没激情了吗?之前明明那么激动地说喜欢对方。"

我吃惊地说。

"是啊。激情也就是最初三年。不,或许更短。"

铃儿这样说,声音里夹杂着叹息。

"不过,现在十和儿变得更健康了,这真是太好了。"

咕咚喝了一口麦茶的铃儿,此时用陡然改变空气般的口气说。

"是吗?我的变化很大吗?"

"岂止改变,简直成了另一个人。最初来到那个地方的十和儿啊……"

说到这里时,铃儿突然"扑哧"一声笑了起来。

"什么?什么啊?我很在意,请继续说。"

我说后,铃儿接着说:

"那么,我就直言不讳了,那个时候的十和儿就像树懒。"

"树懒?就是动物园里的树懒?"

我的心瞬间飞向了夏至的动物园。不过,那一天未能见到树懒。树懒一直挂在树上,我们所站的位置完全看不到它。所以,很难捕捉到它给人的感觉。我也回想起了理人为了对它进行说明而绞尽脑汁。

说起来,树懒不怎么走路。去了动物园之后,我查了一下,书里是这样写的。这样说来,当时的我确实像树懒啊。

"不过,现如今完全不一样了。你漂亮得很是耀眼。十和儿真是很努力啊。"

铃儿忽然这么温柔地表扬了我,我不禁想要流泪。从来没有人对我说,我很努力。连我自己都没有这样想过。不过,或许我真的很努力吧。我觉得自己稍微表扬一下自己也是可以的。

"这都多亏了铃儿和乔伊。"

我一边用手指掩饰着溢出的泪水,一边这样说。如果在其中加入理人的名字,肯定会招致铃儿更大的愤怒吧,所以我没有这样做。不过,理人的确是我人生的贡献者。这一点我很清楚。多亏了理人,我之前不曾了解的崭新世界的门扉,如同撞到我身上似的,一下子打开了。

树懒时代的我,绝对想不到我能和铃儿这样谈论恋爱的话题。然而,人是会变的。现在我用自己的人生证实了这一点。

那天,铃儿与一岁的孩子就住在了我家。

晚上,我在自己的床边给铃儿与她的儿子铺了被褥,就像那个时候我们并排睡着。关灯后过了一会儿,铃儿说:

"十和儿,睡了吗?"

"我还醒着。不知道为什么,和铃儿在一起,我就会感到开心、兴奋,以至于无法入睡。"

我这样说后,铃儿用撒娇的声音说道:

"我也是。"

仅仅一瞬间,我觉得铃儿像可爱的妹妹。铃儿用撒了砂糖般的声音继续说道：

"那个，我一直在想，十和儿也绝对、绝对会有自己的灵魂伴侣，在遇到他之前，请一定不要放弃。"

"灵魂伴侣？"

"也可以说是灵魂的碎片吧。因为原本就是一个完整的灵魂，所以，无论如何都会走向相互吸引的命运。"

"我的生命中会有那样的人吗？"

我问。

"有，肯定有。当然，你和那个人愿意的话，也可以生育和抚养自己的孩子。十和儿肯定能成为一个好妈妈，然后留名青史。你肯定能做到的。为了这个目标，你需要活下来。肯定有很多孩子与十和儿有相同的遭遇，但他们都在中途去世了。不过，十和儿并没有去世。神灵在守护着你，让你能活下来。所以，十和儿必须履行自己被赋予的使命。直到现在，还有许多孩子忍受着父母的虐待。"

现在的我，根本没有想象过自己会在某个时候生孩子的事。虽然我比那个时候要健康，但是客观看来，我还不能算完全健康。直到如今，如果我不吃精神安定药，日常生活就无法进展下去，月经的到来也没准儿。而且，要构建家庭，无论如何需要钱。生孩子也需要钱。在现实社会里，钱不会像魔法那样从天上掉下来。我自己也慢慢理解了，不能单纯地认为只依靠别人的好意就能活下去。

不过，铃儿想要传达给我的东西，已经完全渗入我的内心最深处。

只有了解一切情况的铃儿才能说出这些话，对我而言，这也是最宝贵的礼物。

"谢谢。"

我迷迷糊糊地跟铃儿讲了之前那个老人与毛驴的寓言故事。

"嗯，嗯，接下来呢？"铃儿边点头边问。

说着说着，我的心情就像那头掉入井中的毛驴一般，因为落在背上的石头与泥土而疼痛得无法忍受。最心痛的，不是落在背上的石头带来的痛苦感，而是最喜欢、最信赖的老爷爷让这些石头落下来的事实。

可是，如果认真地观察老爷爷的脸，就会明白老爷爷也感到心酸和痛苦。慢慢地，我靠近了老爷爷所在的位置。

抖落掉在背上的泥土，我一步一步向着地面不断上升着。某一天，在黑歌鸟合唱团的指引下，我来到了外部世界。

理人说，最后毛驴头也不回地离开了老爷爷。所以，我觉得毛驴与老爷爷诀别了。

不过，我留意到了毛驴的真实心情。毛驴其实是想回头看老爷爷的。但是，由于恐惧而做不到。如果老爷爷不在那里，那么毛驴一生就要背负更大的哀愁。所以，毛驴为了保护自己，压抑着回头看的欲望向前走去。嗯，我理解了。

"好孩子，乖，乖。"

铃儿这样说，声音就像在说梦话。这些话似乎在对我说，又好像在对她身旁呼呼大睡的孩子说。

机会难得，我本来希望黑歌鸟合唱团的合唱能叫醒铃儿。不过，她那一岁的儿子早一步哭闹起来。于是，新的一天就这样慌慌张张地拉开了帷幕。最终，我没能摸一下孩子。不管是否愿意，他的存在都让我想起哥哥们的人生。

铃儿他们离开后，永恒的庭院里迎来了下一个季节。

感受到秋意的九月末，市政府福祉课某位担任咨询员的女性联系了我。她说有东西要交给我，希望我来一趟。

几天后，我拜访了市政府。我立马被带到一个单独的房间里。等了一会儿，来到房间里的，正是那位给我打电话的女性。她的名字好像是英子，又好像是荣子。不过，我只觉得她是 A 女士。

"十岁生日时的事，您还记得吗？"

A 女士突然这样问我。

"嗯，十岁生日时的事，我记得很清楚。因为妈妈给我化了妆。

"妈妈让我穿了漂亮的连衣裙，她还抱着我出去了。"

就像发生在昨天似的，那些记忆如此鲜明。那个时候我没有鞋。注意到我没有鞋，妈妈痛苦地大叫起来，这个情景在我的脑海中清晰地复苏。

"那个时候，十和子女士的心情如何呢？和母亲出去，很开心吧？"

"不。"

那个时候，我一点都不开心。

"那么，能告诉我您当时的心情吗？"

"我觉得很害怕。噪声从四面八方袭来，感觉自己被带进了战场。"

"您的母亲，当时状态如何呢？"

直到现在，我还能回想起那时妈妈的手心。她一直在颤抖。她的手心因为汗水而变得濡湿，而且还在不断震颤，就像小鸟的幼崽因为寒冷而发抖一般。她似乎惧怕某种东西。

"不清楚。"

我说。

"这样啊。那么您还记得在照相馆照相的事吗？"

"嗯，还记得。"

那种"啪"的一下，某种圆形的东西破裂的声音，至今都镌刻在我的体内。

那个时候，我紧紧地抱着妈妈的上半身。妈妈的身上飘着甘甜的味道，令人陶醉。我将头深深地埋入那样的香味里。妈妈通过喷香水来让我了解她所在的位置。

之后，我们哪里也没有去，而是直接回家了。我记得回家后，我就安下心来。

"这里有一张那时十和子女士和您的母亲拍的照片。"

A女士说。

"我可以摸摸吗？"

我这样说后，对方说当然可以，然后将照片放在了我的手边。

照片被夹在一张方形的大衬纸里。我试着摸了摸，首先摸到的就是衬纸的表面。

"这张照片是在哪里找到的呢？"

"据说是您母亲的衣柜里。"

充分地抚摸了衬纸的表面后，我缓缓地翻开了封面。如同纱布般薄而软的纸下面，照片凉丝丝的感觉传到了我的身上。

我的手掌轻轻地按在照片上。上面有妈妈，也有被妈妈抱着的我。

确实有一个想象中的妈妈，高鼻梁，大眼睛，长头发，柔软的脸颊。我曾几千遍、几万遍用这只手"见"过那张脸。所以，我很了解妈妈。不过，此时我再怎么将手掌按在妈妈的照片上，妈妈的身姿也没有浮现出来。我的身姿也没有浮现出来。我到底长着一张怎样的脸庞呢，我自己根本不知道。

A女士接着说：

"听说照相馆的店主还记得那时的十和子女士与您的母亲。他说，因为是一对很漂亮的母女，所以还留存在记忆里。"

那时的我是透明人，无论是谁都看不到我，不，严格说来是只有妈妈能看到。

"您要把照片拿回家吗？"

A女士用稍带深意的语调问我。我总觉得A女士身上有牙医的气味。

"是的。"

我简洁地回答后站起身。此时我的脑海中突然闪现出这样一个疑问：照片中的我，穿的是什么颜色的连衣裙呢？卧在我脚边的乔伊，已经倏地静静站起来。我冷不防地问 A 女士：

"照片中的我，穿的是什么颜色的连衣裙呢？"

A 女士与我之间，数秒钟的沉默流淌过。她没有回答。

"是灰色吗？"

我进一步问道。

"灰色？"

A 女士不可思议地重复道。我试着给她说明灰色。

"灰色？鼠色？似乎都不是。"

A 女士说。随后，她告诉了我，我十岁生日时所穿连衣裙的真正颜色。

"请收好。"

她将照片装进信封交给了我。我将它放进背包里。刚才 A 女士给我说的颜色，与灰色完全不同。

"乔伊，Go！"

我颇有气势地说道。背后有二十年前的妈妈和我。

途中，我们稍微绕远，走到了沿着河边的那条路上。在聆听水声的过程中，我的心情也一点点放松下来。放轻松，放轻松。像咒语一般，我出声吟唱着。

回到家附近后,我闻到了金桂的香味。这是一种将身体贴近某人进行撒娇般的、令人毫无防备的香味。不过,它的花也快要谢了。我将头仰向天空,搜寻着香味的胶囊。

我深吸着金桂的香味,心情如同在寻觅正午的星星。

季节不断更迭。

站在厨房里准备晚餐的时候,门铃突然响起。我走到玄关打开门,发现站在那里的是魔女魔里女士。我慌慌张张地打开了玄关处的电灯。魔里女士的身上,一如往常,散发着淡淡的艾绒香味,所以在她说话之前,我就知道那里站的是她。

"全部都结束了。"

魔里女士一开口就说了这些。

在被炉附近打瞌睡的乔伊,注意到魔里女士来了,于是飞快地跑了过来。它脖子上挂着的铃铛,发出了清脆的响声。总是慷慨大方地给乔伊拿来好吃的零食的魔里女士,对乔伊而言就是首席偶像。

"啊,对不起,今天没有带零食。"

魔里女士蹲下来,一边抚摸着乔伊一边说。乔伊像是听懂了她的话,之后,"咚咚咚咚"地踏着百无聊赖的步伐,又回到了被炉旁。

"全部都结束了。"

我重复着魔里女士的话。随后,慢慢地靠近她,并轻轻地用双手抱紧她的身体。我还是第一次这样接触魔里女士,不过,除此之外我再也找不到向她表达我的心情的方式。

"辛苦您了。"

我一边感受着她那冰冷的脸颊，一边从心底向她致以慰问的言辞。

"如果方便，请进来坐坐吧。"

轻轻地远离魔里女士的身体后，我这样说。

"谢谢。"

这样回复后，她坐在玄关旁的凳子上解开了鞋带。

今晚的晚餐是牛肉盖浇饭。我领着魔里女士回到了起居室，屋里弥漫着牛肉盖浇饭风味的蒸汽。我突然想到屋里还很暗，所以也打开了起居室的灯。平日为了节能，我尽量只开最低限度需求的电灯。

这是魔里女士第一次来我家。因为魔里女士需要一直在家里照顾母亲，所以她能够外出的时间，也就只有帮手来之后空出的极短时间。

因此，之前当我们要相见，必然是我拜访魔里女士的家，她请我喝茶、吃午饭。为了调节心情，魔里女士每次都很欢迎我和乔伊的到来。其实，魔里女士很想自由地外出吧。不过，她说全部都结束了。

或许此时我应该说"祈祷冥福""请节哀顺变"之类的话吧。但是，不知道为什么，我无法顺利地说出口。我对于魔里女士的感情乱成一团，堵在了喉咙处。

我决定像魔里女士每次给我倒茶招待我一样也给她沏茶。不过，我家没有魔里女士家那种上好的茶，我家只有袋装的、随处可见的超市茶叶。

即便如此，我觉得只要用心，茶也能稍微变好喝。我比往日更加小心翼翼地倒着热水。茶叶在小茶壶里闷泡的过程中，我打开了正煮着牛肉盖浇饭的锅的盖子，并尝了尝味道。感觉再稍微煮一下，味道会更浓更香。

"请喝。只是极普通的红茶。"

我将倒在马克杯里的茶递给魔里女士。

"非常感谢。那我就不客气了。"

魔里女士心平气和地说完，就端着马克杯喝了起来。

"啊，真好喝。"

魔里女士的话里带着真情实感，就连我也仿佛被施了魔法，感觉今日的茶比往日的更可口。果然魔里女士是能施魔法的魔女啊。至少对我而言，魔里女士的魔法发挥着奇效。

"已经有很多年没有悠闲地喝别人给我泡的茶了。"

魔里女士自言自语道。虽然我的眼睛看不到她的表情，但是通过她那富含深意的声音，我深切地感受到魔里女士是怎么将自己的人生，奉献在照顾母亲这件事上的。

"我呢，绝对不能算是一个好女儿。"

魔里女士开始平静地讲述：

"我不是说我母亲的爱很强烈吗？不仅是我的父亲，就连我，她也过分溺爱着。她的性格中有这样的一面，就是要紧紧地抱着对方，然后用自己的双手让这可爱的对方窒息。

"即便如此，我的父亲接受并忍耐着来自我母亲的、与束缚只隔一层纸的爱。不过，也许我和她都是女人吧，一碰到什么事，我们立即就会发生冲突。我无法忍受和母亲待在一起。我穿什么，与谁见面，吃什么，等等，母亲想要完全支配我，这一直让我痛苦万分。于是，我以留学学钢琴为借口，十七八岁的时候就离开了家。作为逃避母亲的最佳方法，我拼命地练习着钢琴。某个时候，我曾想此生再也不回老家了。"

电饭煲的计时器已经启动，开始煮米饭了。我坐在椅子上，伸长脚尖，调高铺在脚底的电热毯的温度。魔里女士继续说道：

"父母健康的时候，倒没什么问题。我既可以接触欧洲文化，又能尽情地展翅飞翔。母亲想要干涉身处异国的我，果然还是能力有限。通过留学，我和母亲的关系得到了较大的改善，甚至一时处于休战状态。母亲每周都会给我寄来塞有日本大米的包裹，我当然对此表示感谢，也能更坦率地接受来自母亲的爱。最终，我也能对她有一点感激之情了。我自己也亲身经历了结婚、生孩子和养孩子的艰辛。不过，这样的安宁时期并没有持续多长时间。"

"因为您的父亲生病了。"

我说。之后发生的事，在与魔里女士第一次相遇的时候听她说过。

"嗯，当注意到这个情况后，我回到了那个让我不由得厌恶的老家，然后就处于无法工作的状态中。父亲去世后，我儿子自立门户生活，我就和母亲两个人生活在那里。父亲去世后，母亲又立马因病卧床不起。半夜当她不断呼唤我的时候,我不禁感到烦躁,过去那种对于母亲的厌恶感在心中复苏了。我曾认真地考虑过,一点一点地在她的饭里下毒,把她毒死。

"我一直期待着母亲能承认自己的过错,哪怕一次能发自内心地给我道歉。但是,一切都在虚幻的梦中结束了。"

如果魔里女士自己不向我坦白这些内容,我肯定会一直认为魔里女士是一个只为父母着想的孝顺女儿。

"不过呢……"

魔里女士继续说。她的声音里发出了微弱的光。

"我的母亲渐渐变得像个婴儿似的,连我是谁都不知道了。那样一个举手投足间展现权威的人,如果没有我就吃不上一口饭,这样想来,怎么说呢,就是第一次觉得我的母亲挺可怜的。她已经是超越母亲的存在,我对她就像你无条件地疼爱乔伊一般。看到母亲不再以母亲的身份出现在我面前,我松了一口气,这也是事实。想到今后再也不会被这个人支配了,反而我会支配这个人,就会产生奇妙的安定感和优越感。"

我一边聆听着魔里女士的话,一边考虑着我妈妈的事。她现在在哪里,正在做什么呢?她还是边赎罪,边生活在封闭的小屋里吧。我的年龄在增长,当然,妈妈的年龄也在增长。

不过,对我而言,妈妈仿佛是几亿光年外的行星,是一种遥远的存在。

电饭煲渐渐冲入最后阶段,释放出了浓郁的米饭香味。

空气中飘散着紧紧塞着牛肉盖浇饭香味的胶囊,如果不将意识集中在肚子上,它就会咕咕作响。

"哔哔,哔哔,哔哔……"

电饭煲发出了饭已做好的声音。

此时,肚子也发出了响声。我觉得是自己的肚子在响,就瞬间按住了自己的肚子。不过,这个响声既不是来自我,也不是来自乔伊,而是来自魔里女士。

"肚子好饿。"

魔里女士用淘气的口吻说。

"是牛肉盖浇饭吧?我来到这里后,就一直在想是不是牛肉盖浇饭。"

"抱歉。"

我道了歉。魔里女士母亲去世的事与牛肉盖浇饭之间相差太远,我不禁对她感到歉意。我偏偏在这个时候做牛肉盖浇饭。

"我的肚子也好饿。"

我说。米饭的香味和牛肉的香味叠加起作用,我不禁饥肠辘辘。

"魔里女士,如果方便的话,就在我家吃饭吧。用牛肉盖浇饭招待您。"

我问了她,这姑且是我自己的想法。不过不论怎么想都觉得站在魔里女士的立场,今晚谈论吃饭的事总不太合适。然而,魔里女士爽朗地回答道:

"我要吃。我想吃十和儿亲手做的牛肉盖浇饭。"

在这健康爽快的声音的刺激下，我不禁笑出了声。魔里女士也跟着笑了起来。

"我能帮什么忙吗？"

魔里女士说。

"没关系。我已经全部做好了，而且做了很多。"

我回答道。然后，我同时准备了人食用的饭菜和乔伊食用的饭菜。

魔里女士帮忙盛了米饭和牛肉。我将味噌汤倒在木碗里。因为只有一个木碗，所以我就把我经常使用的木碗让给魔里女士使用，而我自己使用前几日铃儿作为特产送给我的牛奶咖啡杯。

只有鸡蛋还没有完全煮好，所以我有些紧张。不过，我一心想着让魔里女士吃到美味的牛肉盖浇饭，于是，我将鸡蛋液倒进了小锅里。小锅里还剩着煮完牛肉的酱汁，让它与鸡蛋在半熟的状况下充分混合在一起是最理想的。上一回，由于火太大，鸡蛋煮得像木棉豆腐；上上回，由于太早熄火，基本接近生鸡蛋。

我一边期待着煮鸡蛋的火能恰到好处，一边仔细倾听锅里传来的声音，同时将感知气味的嗅觉的敏感度提高到极限，向万无一失的火候发起挑战。暂且观察着情况，等待鸡蛋在锅底凝固的瞬间，然后轻轻地把长筷子插进去，用力搅拌它们。之后，趁着它们还热的时候，将牛肉浇在上面。在这个过程中，我想象着我和魔里女士恰好各分一半。

"让您久等了。"

我将盛有牛肉盖浇饭的大碗放在魔里女士的面前，同时这样说。之后，我们面对面吃起了牛肉盖浇饭。乔伊也狼吞虎咽地吃着自己的饭。

当我恰好吃到一半的时候，一直默默吃着牛肉盖浇饭的魔里女士，突然开口说话。终于，我也能以正常人的速度吃饭了。

"真想让我母亲也吃到你做的牛肉盖浇饭啊。"

从她的声音里，我留意到她已经哭了。

"因为，你做的牛肉盖浇饭，简直太好吃了。我之前从没吃过这么好吃的牛肉盖浇饭。我母亲很喜欢吃肉。不过，慢慢地她就吃不了肉了。啊，我到底怎么啦?!母亲去世后，我没有哭过一次，但是在这里吃了牛肉盖浇饭，我突然想起了很多事。我已经没办法控制自己的情绪。

"所以，十和儿，抱歉，就让我尽情地哭一场好吗？"

魔里女士这样说，其实她已经哭了起来。说完，她冷不防大叫一声：

"妈妈！"

受到惊吓的乔伊靠在了我的身上，魔里女士依然声嘶力竭地哭着。大人也会这样号啕大哭，这让我稍有些意外。中途，我将餐巾纸盒递给了魔里女士，她却抽泣着说，这太浪费了，用卫生纸就可以了。只在这个时候，她完全回到了现实中。于是，我给她拿来新的卫生纸，放在她的牛肉盖浇饭的旁边。

"十和儿，你不用理我，你尽管大口吃就好。"

我抚摸着魔里女士的后背，困惑着接下来该说些什么，不过，既然她这么说了，那么我觉得她肯定想一个人沉浸在悲伤中，所以，我用筷子夹起剩下的牛肉盖浇饭，慢悠悠地咀嚼着。

果然今晚选择牛肉盖浇饭是正确的。如果今晚选择的不是牛肉盖浇饭，而是煮鱼、豆腐火锅之类的，那么魔里女士就不可能像这样流泪了吧。不过，从另一方面来看，今晚即便做的是煮鱼或豆腐火锅，魔里女士也还是能从中找到与流泪相连的导火索，然后同样一边叫着"妈妈"，一边号啕大哭吧。

牛肉盖浇饭上的鸡蛋，火候堪称完美，连我自己都想给满分。毫无疑问，对我而言，这是史上最美味的成品。

魔里女士刚才说想让自己的母亲吃到这样的牛肉盖浇饭。我至今都没想象过让我妈妈吃我做的食物。不过，妈妈蓦地在我脑海中闪现。如果妈妈在某处感到饥饿的话，我会将剩下的牛肉盖浇饭塞满饭盒，然后跑着给她送去。

"已经没关系了。"

魔里女士豪爽地擤了鼻涕，感觉擤鼻涕的声音在城市里回响。之后，她再次拿起筷子，狼吞虎咽着剩下的牛肉盖浇饭。确实只有"狼吞虎咽"这个词才最适合描述她现在吃饭的样子。随后，她用活力十足的声音说：

"再来一碗！"

我双手从魔里女士手中接过变空的大碗。

"不过，十和儿明天要吃的牛肉盖浇饭是不是就没有了呢？"

"没关系,我还可以再做。"

我这样说着,在大碗里盛上了米饭和牛肉。

"抱歉,刚才把鸡蛋都用完了。"

我道歉后,魔里女士用鼻腔堵住似的声音说:

"没有鸡蛋也非常好吃。完全没问题。"

我将锅底剩的汤汁全部浇了上去,然后双手将变得沉甸甸的大碗递给魔里女士。

"那我就不客气了。"

她彬彬有礼地说完,就动起筷子来。

"感觉母亲在我的耳边悄悄地说:你把我的那一份也吃了吧。"

因为魔里女士说了些有趣的事,所以我说:

"怎么觉得您有点像是孕妇啊?"

之前,铃儿来我家留宿的时候,给我说了很多怀孕的事。她告诉我食欲在她的体内翻滚,非常可怕。

"确实是这样的。"

魔里女士表示同意。

"成为没有父母的孤儿后,我又一次变成了孕妇,今后我的人生将一直处于怀孕中。"

人即便去世了,也会在有缘分的人们那里继续存活着吧。

"啊,多谢款待。肚子已经很饱了。确实不能再吃了。已到了预产期,已到了预产期。"

过了一会儿，魔里女士边抚摩着自己的肚子边这样说。随后，她缓缓地呼出一口长气。

魔里女士的母亲已经去世，她的所作所为似乎有些不得体。不过，饭后的起居室里还是流淌着满足、安宁的空气。说起来，今晚似乎是满月吧。

"今天来到这里，可真是太好了。留意到母亲去世后我不用再一直陪在她身边，我最先想要去看的地方，就是十和儿家的庭院。"

临别的时候，魔里女士在玄关边系鞋带边说。

"之前十和儿在说到自己的庭院时，总会露出幸福的表情，所以我就想去看看。"

"这样啊。不过，今天……"

我说。太阳已经下山，已经看不清楚了。

"没关系，没关系。以后我想什么时候出来就能什么时候出来。不过，今天我被十和儿的牛肉盖浇饭救赎了。真是非常感谢。"

说完，她主动向我靠近，然后毫不犹豫地在我的左脸和右脸各来了一个法式亲吻。魔里女士那无法阻挡的、强贴过来的嘴唇的感觉，让我觉得很痒，仿佛自己瞬间伫立在巴黎的塞纳河畔似的。

"魔里女士，已经是晚上了，您要小心啊。"

对魔里女士而言，之后肯定有一个漫长而特别的夜晚正等待着她。

"天气比较冷，十和儿也要注意不要感冒。"

我和乔伊并排站着，送别用轻盈的步伐离去的魔里女士。

我仰望天空，想象着圆圆的月亮从某处出现，同时暗暗地祈祷着魔里女士吃进嘴里的牛肉盖浇饭，能顺利地送达魔里女士母亲的灵魂处。

这个冬天，我面临一个巨大的考验。

新年过后，感觉鼻腔里痒痒的，身体也有些倦怠。突然发作的咳嗽根本无法停止。最令人痛苦的是，鼻子里堵着鼻涕，感知气味的机能几乎减弱为零。就是这个原因，无论我吃什么，都感觉不到它们的味道。这样的现实将我推向了地狱的底层。

我进退维谷，仿佛完全丧失了与外部世界的连接点。感觉自己孑然一身，被封闭在只有自己一个人的密室里。

与魔里女士交谈后，她将附近的一个耳鼻咽喉科的医生介绍给了我。我本来极其胆怯地以为这是什么不治之症，不过，最后的诊断结果显示这是花粉过敏症。

虽然喝了医生开的药，但整天还是很瞌睡，头也昏沉沉的。我也知道要尽可能待在家里，并关紧窗户以防花粉侵入，可是我不能停止带乔伊出去散步，我也必须出去购物。外出的时候虽然小心谨慎地戴了口罩，但它的保护作用也是有限度的。想要花粉完全不接触自己的身体是不可能做到的。睡觉的时候，我如同呕吐般一直咳嗽着，内心如此绝望，感觉自己面对的是世界末日。

最令人痛苦的是，明明春季增加了很多香味的胶囊，我却一点都闻不到。丧失嗅觉机能后，我第一次深刻地认识到，自己平日的生活是多么依赖鼻子啊。嗅觉就是连接我和世界的强韧的脐带。失明的我丢失了嗅觉，就等同于丧失了与世界的连接点。

因为对这种情况感到焦虑，我有时会对无辜的乔伊乱发脾气。我越发对这样的自己感到厌恶，感觉负向螺旋阶梯在不断向深处延伸。

无法集中注意力我就不能读书，更严重的是，我连去图书馆借书的力气都没有。

因为没办法在外面修理庭院，所以为了排遣忧愁，我就采取了一边听广播，一边在家里埋头动手做事的策略。我想了想自己能够做哪些手工活，最后发觉自己可以做抹布。作为抹布材料的温泉毛巾，之前搬家的时候，大家为我在房子里放了许多，现在还剩有很多。

穿针引线的工作，与眼睛健康的人相比，我确实要花费更多的时间。不过，我使用刺绣用的线，在穿针器的协助下，将线穿过针孔较大的刺绣针，这即便对我而言也是比较简单的。打死结的方法，我之前在上了一年的特别支援学校里的家庭科课程里学过。穿针引线，在线的末端打了死结后，我就开始不停地缝起折叠的温泉毛巾。我特意使用红色、蓝色、绿色等五彩缤纷的刺绣线。我一边喝着能够医治花粉症的甜茶，一边专心致志地做着手工。

在缝东西的过程中，有时感觉时间转瞬即逝。这个时候，我一瞬间忘记了鼻涕堵塞所导致的痛苦。想要心情放松、精力集中地缝制抹布并非一件容易的事，不过，这样的时刻如果能刹那间来临，我的内心就会充溢着明朗、温暖与安详，仿佛自己与世界上所有的人拉着手跳横列舞蹈似的。

　　红色,是热情。
　　蓝色,是万里无云的天空。
　　绿色,是地球。
　　粉色,是柔情。
　　黄色,是太阳。
　　紫色,是日暮。

　　无论对错,我塑造了我的色彩印象。我在缝制抹布的过程中,会将这些颜色组合在一起。每一块抹布所使用的颜色,我都将其保存在记忆里。想象完成后的抹布成了我唯一的乐趣。
　　因痛苦而开始的抹布缝制,最终我却成功地从中发现了一抹乐趣和喜悦。魔里女士啧啧称赞了这些从最底层诞生的抹布。
　　"啊,简直太棒了!"
　　某一天,为了送来礼品柑橘而突然来访的魔里女士,看到我缝到一半的抹布,这样说。
　　"真的吗?"
　　我战战兢兢地问。
　　"魔女魔里女士是不会说谎的哟。"
　　她用淘气的语调说。

"那么,作为对柑橘的回礼,您喜欢哪些抹布尽管拿走就是了。"

我这样说后,她断然拒绝道:

"可不能这样贱卖啊!"

"不过……"

我吞吞吐吐地说。

"认真制作的东西,必须让对方花钱来买,这可是这个世界的规则,明白吗,十和儿?"

魔里女士理所当然地补充道。不过,我可没办法卖这些抹布。

"没关系,我有一个好点子。"

魔里女士一边"咯咯咯"得意地笑着,一边这样说。然后,她继续说道:

"一块抹布卖三千日元如何?"

"太贵了。"

我立即回复道。我不认为会有人愿意花三千日元的重金购买一块抹布。三千日元够吃好几天的饭了。再怎么开玩笑也要有个度。

"不现实。"

我拒绝道。

"那么,两千日元呢?"

"我觉得还是太贵了。"

"那就一千五百日元?"

说实话,就是一千日元我也觉得贵。我原本就没想过要卖。有人愿意使用，我就觉得很好。如果有人愿意为这些抹布付钱，那么我将无比喜悦。靠自己的力量挣到钱该有多幸福啊。如果这样的话，我也能稍微报答之前帮助过我的人和整个社会的恩情了。

"好的。"

深思熟虑之后，我顺从地点点头。

"好的！那么买卖就成交了。今天我的钱包里没装多少钱，只能买一块抹布。我就是购买十和儿原创抹布的第一人，太棒了！"

魔里女士用洪亮的声音说道。随后，她向我手里递了一千五百日元，我将它们塞进了裙子的口袋里。

我把装有之前做好的抹布的纸箱拿了过来，给魔里女士看。她究竟是以何种表情看这些抹布的呢，我自然是看不到的。魔里女士并没有发出"哇""啊"之类的声音，从她的嘴里漏出了叹息般的声音。就像对方透过放大镜仔细地观察我的裸体一般，我不由得感到羞愧，于是我离开去泡茶了。总是在喝甜茶，偶尔也想喝喝绿茶。

我隔着口袋轻轻地抚摩刚才从魔里女士那里得到的一千五百日元。我想用这一千五百日元买可口的茶叶。我想买魔里女士家里的那种罐装的、上好的茶叶，然后下次我请她喝茶。

曾经跟魔里女士学过钢琴的学生中，有一位男士对网络技术很熟悉，所以他为我建立并管理着销售抹布的网站。首先，我们将我在冬季缝制的抹布整合起来拍照，并上传到网站上，这样就正式开始销售了。

我觉得在百元店里，抹布不论卖多少钱，都不会有人买。不过出人意料的是，开始经营网站不到一天，就卖出了两块抹布，这让我惊讶不已。我用打印机打印了购买者的地址，然后将其贴在包裹上寄了出去。

他们说习惯了这些操作后，我自己就可以给抹布拍照片，并上传到网站上了。不过，要达到这样的水平，还有很长的路要走，首先我还是以此为目标，努力缝制抹布为好。当脖子和肩膀感到酸痛的时候，我会跑到魔里女士家，让她为我做灸治。我每次都会给魔里女士付灸治的费用。

之前我还担心制作抹布的材料温泉毛巾会短缺，不过这其实是杞人忧天。包括魔里女士在内，身边了解我的副业的人们，都无偿向我提供了自己家闲置的温泉毛巾。因为花粉症，我没能听到春天诞生的啼哭声，但是由于与抹布相遇，我的人生转向了一个未曾预料到的方向。

"十和儿做的抹布，简直太棒了！"

每次遇到魔里女士，她都会夸奖我的抹布。

"最开始使用时，还觉得挺浪费的。一旦开始使用，就觉得打扫卫生很开心。而且，比原来进展得更顺利了。"

"果然十和儿做的抹布，就是不一样啊！"

就这样，魔里女士也向自己身边的人推荐了我的抹布。

樱花零落的时候，即便摘掉口罩，我也可以平安无事地外出了。我又可以和乔伊一起享受散步的乐趣了。

欣赏樱花的美不只是依赖眼睛。在轻柔地吹拂着春风的日子里，走过樱花树下，无数的花瓣宛如阵雨般飘零而下，我把手掌举到额前，触摸到了花瓣。我抚摸着樱花树干，感觉它有着和乔伊一样的温煦。落在地面上的一层樱花如同松糕一般柔软。

我将这样的春日步行道的景象铭刻在心里，以后，我要把它描绘在抹布上。

令人惊诧的是，花粉症的暴风雨过去后，我依旧不打算停止缝制抹布。我像写日记似的，一直缝着抹布。我是为了忘记花粉症的痛苦，逼不得已才开始缝抹布的，但最终我预感这将成为我的人生意义所在。即便想要依靠缝抹布获取生活所需的所有物资是非常困难的，我也希望至少能用挣到的钱解决我和乔伊的伙食费。这样一来，我就能更加挺胸抬头地生活下去了。

与乔伊一起散步、侍弄庭院、去图书馆、读书等一连串的事中，还要新加上缝制抹布这件事。

在我的人生里，时间一点一点变得像宝石一样珍贵。我有时会忘记吃药，并且回忆起那个黑暗时代，陷入恐慌，不过，现在包裹着我的，是压倒性的、美丽耀眼的光芒。只要伸出手，就能感受到这些光芒。只要发声求救，就会有人向我伸出手。关于这一点，不需要有任何疑惑。我一直被守护着。无论何时，都被那些光紧紧地抱着。

注意到它，是在夏日的某个早上。

啊，那个气味，我知道。

我这样想。

多么令人怀念啊！可是，我想不出来那个气味的来源。

我赤脚走到了永恒的庭院里。

"早上好。"

和往日一样，我向植物们打了招呼。地面仍然带着夜晚的余韵，凉丝丝的。淡淡的湿气在脚底蔓延开来。

为了不践踏花草，我谨慎地用脚尖向前走着，同时不慌不忙地探索着永恒的庭院。

在哪里呢？

我一边在心中温柔地呼唤着，一边一点一点地跟这个玩捉迷藏的孩子缩小距离。

在这里啊。

我用手确认着花或叶子的存在，然后轻轻地在那里蹲下。

"金银花。"

我用手指辨认着那个植物根部石块上贴着的盲文标签。

"妈妈。"

我说。当我回过神来时，我这样出声呼唤着。

"妈妈。"

我再次饱含爱意地呼唤着。

是啊，金银花就是妈妈的气味。我一直忘了这件事了。不过，此时我已经记起来。妈妈的身上总是散发着金银花的气味。

金银花在夏季的初期绽放。它像香子兰一般，散发着湿润的香味。小时候，妈妈曾让我尝过金银花的蜜。她摘了一朵小花，然后放在了我的嘴里。花瓣的底部蕴藏着蜜。我记得当时我"嗞"的一下吸进嘴里，一种近似淡糖水的味道在我的嘴里扩散。

我温柔地摘了一朵金银花，吸着蕴藏在花瓣底部的蜜。

香甜。香甜而温存。感觉我似乎被抱在妈妈的胸前，正吮吸着她的乳房一般。妈妈的乳汁肯定也是这个味道。

金银花让我想起了一些重要的事。

夏日结束后，永恒的庭院又一次迎来短暂的静寂。永恒的庭院变得沉默寡言，并陷入冥想中。一瞬间，任何香味都不存在了。这是季节从夏天变成秋天的信号。不过，到了秋天后，香味又会渐渐地复活。

魔里女士从秋季起又开始经营钢琴教室了。打开家里的窗户，就能听到远处传来的魔里女士弹钢琴的声音。魔里女士不再弹之前那样激越的曲子。我觉得像流水似的悠然流淌的曲子更适合她。她弹奏的钢琴曲，变成金色的绳索震颤着我的鼓膜。

铃儿正怀着第二个孩子。这次似乎天赐了一个女儿，她就要成为有儿有女的母亲了。我计划给刚出生的婴儿缝制尿布，然后作为生育庆贺礼送给铃儿。

之后，我步入三十岁。

十岁时的事，至今都不能从我的头脑中消除。穿上妈妈作为礼物送给我的连衣裙时肌肤的感觉、用烤炉烤的巧克力蛋糕的香甜口感、妈妈嘴唇上涂的口红的味道、妈妈将我抱着到处走时所感受到的她的乳房的温暖，以及照相馆里叔叔的气味，这些都无法从我的头脑中消除。

我站在镜子前认真地梳了头。然后将齐肩的头发左右分开，各编了三条辫子。我在脸上涂了粉底，嘴唇上也涂了铃儿为我选的最适合我的樱花色口红。睫毛用睫毛夹向上夹起，最后再淡淡地在脸颊上涂上胭脂。我离开儿童救济院的时候，铃儿大致教会了我化妆的方法。随后，我换上外出时穿的连衣裙，对乔伊说：

"我们去照相馆吧。今天是我的三十岁生日。所以，作为庆祝，我和乔伊一起去拍张照片吧。"

为了这件事，我每个月都会存一些钱。

我将之前A女士交给我的袋子拿了出来，里面装有我和母亲的纪念照片。然后，给写有照相馆名称的衬纸拍了照片，再利用具有声音朗读功能的手机应用进行解析。随后，我调查了照相馆的地址，并用手机应用查了到达那里的路线。我将路线保存在自己的脑内地图里。

"乔伊，我也给你打扮打扮吧。"

突然我脑中闪现了这个想法，于是我用刷子给它轻轻地梳了毛，在它的脖子处系了一块红色的丝巾。给它戴上狗绳后，我穿上了平日不怎么穿的黑色轻便鞋。锁上门锁，我们就出发了。

"乔伊，Go！"

我发出命令后，它如往常一样威风凛凛地向前迈出了一步。

我应该走那时母亲抱着号啕大哭的我走过的路吗，说实话我也不知道。然而，现在的我无论听到多么嘈杂的声音，都不会又哭又叫。我已经长出了足弓，所以能够靠自己的双脚牢牢地支撑着自己的身体。

"Good！乔伊，Good！"

我毫不吝啬地夸赞着乔伊，感觉就像我和乔伊走在凯旋的游行中似的。对了，这就是我和乔伊的生日纪念游行。一个人和一只狗合力赢得了伟大的光。这光就像奖牌一样，被我挂在右手上，然后无限伸向苍穹。

从家到照相馆大约需要三十分钟。虽然中途走错了路，我又返回去了，不过最终还是顺利到达，这让我安下心来。走在进入照相馆的那条路上，一辆哈雷·戴维森摩托车从我身边驶过。我感觉这就是送给我的一份小生日礼物。这么想着，就觉得很开心。

在众多的人工声音中，我最喜欢哈雷·戴维森摩托车的声音。虽然也不是很难遇到，但只要偶然遇到哈雷·戴维森摩托车，不仅当天，就是接下来的一天，我的内心也会很激动。每次回想起那直达身体深处的低沉的声音，我就像大口吃自己最喜欢的巧克力一般，贪婪地咀嚼着幸福感。对我而言，它比有四片叶子的三叶草更具有存在价值。

我一边回味着哈雷·戴维森摩托车的余音，一边穿过自动门走进了照相馆。此时，外面的喧嚣刹那间安静下来，我倏然被一种踏入二十年前的时空的、不可思议的心情包裹着。

"欢迎光临。"

我暂且站在那里感受了一下周围的状况,这时一位男士从里面走来。从他的声音判断,年龄四舍五入的话,大概四十岁。个子并不高。我再怎么用鼻子闻,也没有闻到那个时候的气味。

"呃,其实我二十年前,在这里让您给我拍过照。

"如果您还记得当时的情形,希望您能告诉我。"

我这样说完,对方瞬间吸了一口气。然后他说:

"我去叫我父亲,可以请您坐在这里稍等一会儿吗?"

说完,他就快步走进去了。

我用手摸索着找到了沙发,并坐了下来。沙发散发着旧皮革所独有的皮脂味道。沙发旁边似乎堆积了大量报纸,可以闻到纸和墨的味道。

我在那里坐着等了很长时间。其间,没有一个人来到这家照相馆,入口处的自动门一直关着。虽然商业街就在附近,却几乎听不到任何声音。照相馆里似乎有喂养着金鱼的鱼缸,传来了"叽"的机器声。乔伊似乎有些疲倦,它躺在了我的脚边。

自动门突然打开了,我和乔伊都有些惊诧。不过我立即意识到,刚才照相馆里的那位男士把他的父亲领来了。我闻到了熟悉的气味。

"对不起,让您久等了。我父亲上个月从楼梯上摔了下来,脚给摔骨折了,所以从家里过来要费些时间。"

儿子说。

"对不起,在您不方便的时候打扰您。"

我诚惶诚恐。这次父亲说：

"没事，没事。好久没出来透透气了，正好出来一趟。"

父亲的声音与儿子的相同。他似乎坐在轮椅上，感觉声音离我很近。

父亲和儿子的声音都很爽朗。我在和父亲交谈的过程中，儿子进去泡了茶端了过来。清爽的糙米茶的芬芳，让我瞬间觉得自己在草原上被凉爽的风吹拂着。心情平静下来后，我张口说：

"其实之前，曾在这里请您给我和我妈妈拍过照片。从现在算，正好是二十年前的事。"

我尽量朝着父亲所在的方向说。

"我还记得。你就是那个时候和你妈妈一起来的大小姐吧。"

父亲颇为感慨地说。然后，他把儿子叫了过来：

"麻烦把二十年前的大学笔记本拿过来。"

这样说后，儿子拿来了笔记本。这时店里的电话响了，儿子去接电话，感觉对话的内容有些错综复杂。父亲一边翻着笔记本，一边用平静的声音继续说：

"那个时候已经非常冷了。当时，我喝着咖啡，想不会有顾客来了，但就在这个时候，一个年轻的母亲背着自己的女儿来了，她问我：'可以帮我们拍一张纪念照片吗？'女孩在母亲的背上哭得很厉害。不是有句话叫'哭得像身上着了火'吗，当时确实是这种情况。要说母亲那时戴着什么呢，她的头上裹着围巾。给她说明了照片的大小与价格后,她说要最小的那种。她长得很漂亮,身材修长,肤色白皙。不过,除了问答,她再没有说其他话。给人感觉是个很沉稳的人。女儿哭得那么厉害,还真是奇怪啊。

"之后,我让她们坐在摄影室的椅子上。可是,女儿一直哭个不停。于是,我就吹响吸引婴儿视线的玩具小号,结果她哭得更厉害了。真是让人招架不住。"

"抱歉。"

回想起当时的事,我道了歉。那时我被突然置于没有听惯的声音之中,这些声音让我万分惊恐。

"我跟那个母亲说,好不容易拍张纪念照片,还是改日再照吧。

"不过,那个母亲却用坚定的眼神看着我,并固执地摇摇头。那时我瞟了她一眼,留意到她右边的脸上有一块红色的痣。她可能觉得不在那天拍照就没有意义了,所以决定一直等到女儿平静下来。我觉得其他顾客应该不会来了,所以放下了卷门。

"之后,女孩哭累了,就稍微平静了下来。我又让她们坐在了摄影室的椅子上。我本来以为母亲会理所当然地和女儿并排坐在一起,可是,女儿就是不愿意离开母亲的怀抱。感觉女孩双手紧紧地抓着母亲的衬衣,并牢牢地抱着母亲。于是,母亲背对着镜头坐了下来,越过母亲的肩膀可以看到女孩的脸。背对镜头拍照是很少有的事,不过我能理解母亲的心情,所以也就顺从她的意思了。透过镜头看到女孩子的脸,觉得她很可爱。马上就要按下快门的时候,母亲自己取下了头上的围巾。

"本来是要让她们仔细调整裙子的裙摆、脚的位置、衣服的褶皱等细节,不过,女孩子终于停止了哭泣,我想只有这个时刻合适了,就赶忙按下了快门。"

"也就是说,那个时候女孩没有在哭?"

我记得当时自己还在号啕大哭。

"这个嘛,还达不到可以斩钉截铁地说完全没有在哭的程度。不过,在按下快门的瞬间,母亲似乎弄痒了女儿的肚子,女儿一下子笑了起来。看到女儿笑了,母亲也不禁望着女儿露出了微笑。我想,能照一张好照片了,这太棒了。"

我一直认为那张照片只拍了母亲的背影和我的哭脸。

"这样啊。那么我和妈妈都在笑吗?"

我想要再次确认。

"是的,简直是奇迹。我一直觉得这都是神灵安排好的。"

"那一天是我的十岁生日。"

我这样说,心情五味杂陈。

"我从警察那里听说了。我呢,一直都没注意到女孩的眼睛居然看不到。不过,事实就是这样的吧。"

我也不知道为什么,经常有人对我说,如果我睁开眼,就会被认为是眼睛正常的人。所以,当走在外面的时候,我都会特意闭上眼睛。

如果二十年前,妈妈没有带我去照相馆,那么我的生日到今天都不会被弄清楚吧。如果当时经营照相馆的叔叔没有按下快门,那么直到今日我还是个透明人，生活在那个房子里吧。

想不明白。

虽然想不明白，但这个人又是我人生中的一个重要的证人，这一点是确凿的事实。

"非常感谢。"

我由衷地表示感谢。

"不客气。"

父亲的声音被泪水浸湿。

"抱歉，最近有些多愁善感。"

他一边道歉，一边从纸巾盒里取出了纸巾。

我突然想起来自己今天来这里还有一个目的。

"那么，今天还能请您给我拍张照片吗？这次我可以和这个毛孩子一起照吗？"

我抚摩着乔伊的头，这样问。

"很乐意效劳。"

父亲发出了明快的声音。然后，他大声叫自己的儿子，让儿子做好拍照准备。最终结束了通话的儿子走了进去。

我和乔伊被带到摄影室里。机灵的儿子为我们准备了二十年前我和妈妈坐过的那条长凳。

儿子的夫人也来到了店里，她帮我整理了我的刘海儿、衣领和裙子的褶皱。父亲将儿子已经放置好的相机稍微移了一些位置。为了能吸引我和乔伊的视线，他又发出了声响。

"我父亲发出声响，没关系吧？"

掌控摄影主动权的儿子客气地问我。"没关系。"我笑容满面地说。二十年后的我，不会因为声响而号啕大哭。对我而言，声音不再是恐惧的对象，而是渲染世界的颜料。

父亲为了吸引我和乔伊的注意，弄响了一种能够发出"噗哈噗哈"般傻傻的声音的乐器。夫人不仅给我做了整理，还为乔伊清除了眼屎。为了让我们尽可能拍一张漂亮的照片，她费尽了心思。我深刻地感受到，自己被浓浓的爱意包围着。

"那么我就要拍了。三，二，一。"

伴随着温和洪亮的声音，快门被按下。

从那时起，已经过去二十年。

"我已经三十岁了。"

十岁、三十岁时拍了照片，那么下一次的纪念照片就是在五十岁的时候拍了，我蓦地这样想道。那个时候，乔伊就不在这个世界上了，或许我也不在了吧，这又有谁能弄明白呢？

所以，我们必须讴歌此时此刻。

能够与乔伊一起散步，就像是奇迹一般令人惊叹的事。其实，生命的一瞬间又一瞬间就是奇迹的连续。注意到这一点，是我三十岁生日的最宝贵的礼物。

偶尔，我搞不清楚，究竟金银花是妈妈呢，还是妈妈是金银花？有时我觉得，最初妈妈就不存在，一开始我就是独自一个人，是金银花精灵欺骗了我，让我做了一个长长的梦。

那是发生在距离圣诞节还有几天，某个寒冷冬日的事。

当时我正躺在床上休息，猛然间我留意到什么而醒来。我想我大概是在做梦吧，因为我的鼻子闻到了金银花的气味。

咦，为什么会在冬天闻到金银花的香味呢？

我闭着眼睛，觉得这太匪夷所思了。之后，我的身体麻酥酥的，仿佛有电流通过似的。

我慢慢地吸着金银花的香味。

不知不觉间，我再次坠入沉沉的睡眠中。

数年之后，我得知妈妈已经去世。邮箱里罕见地收到来信。我立即用手机应用查了一下，寄信人是"爸爸"。在信里，他用简短的文字说明了这件事。

"爸爸"说他那里有妈妈寄存的东西，与信一同寄了来。

那是一张妈妈亲笔写着《清泉》那首诗的稿纸。我一摸到这张稿纸，就不禁回忆起妈妈的声音。妈妈那温柔的声音，依然在我的心中回响。这份稿纸就是妈妈爱我的证据，它也证实了妈妈的父亲，我的外祖父同样爱着妈妈。

我用双手捧起妈妈亲笔写下文字的稿纸，然后嗅它的气味。我闻到了淡淡的金银花芬芳,这也许只是我的错觉吧。

一切从这里开始,最终又回到这里。我的人生的一端与另一端连接在一起,形成了一个圆形的环。在这个扭曲又优美的圆环里,蕴含着我和妈妈的人生。

我想要抱紧妈妈,想要用双手温和地抱紧她。

但是,这个愿望已经无法实现。那一天,妈妈肯定是来跟我告别的吧。冬日的金银花香味,必定是母亲灵魂的气味。

我拼尽全力将那些芬芳吸入体内。所以,妈妈现在正活在我的体内。

我在心中朗读《清泉》。

妈妈曾读给我的诗,这一次我来读给妈妈听。

诗最终是这样结尾的:

不用担心,泉水绝不会干涸。

安心地在我的身旁酣然入眠吧。

我回忆起了一切。虽然我无法阅读妈妈写在纸上的文字,但是她的声音依然存在于我的心中。

我终于能理解妈妈读这首诗时的心情了。

妈妈深爱着我。

妈妈深爱着我,正如我深爱着妈妈。虽然途中拐到了岔路上,但最初妈妈是纯粹地爱着我的。

我终于意识到这些。此时，不知从何处出现的金银花的芬芳，正轻轻地搂着我的肩。

我还有许许多多的事想要去做。

人生的崭新门扉才刚刚打开。

我想要乘飞机翱翔天空，用身体感受疾风卷来的风压。

我想要试乘哈雷·戴维森摩托车。虽然自己驾驶难度太大，但抱紧某人的后背，一起风驰电掣地驰向未来还是可能的。

我还想乘马飞驰。

如果是马，那么即便是失明的我，也可以骑吧。和某人一起骑也可以。我想要一点一点地加快速度，在草原上奔驰。只要短暂的瞬间就可以，我想骑在马背上，在蓝天上展翅翱翔。

这就是我的梦想。

我的眼睛确实看不见，但我仍然可以感受到世界的美好。世界上依然潜藏着许多美好的事物。所以，我要一个一个地将它们放在自己的小手心里疼爱它们。我为此而生。只要我的肉体还存活着，那么夜空中独属于我的星座，就会一直闪烁下去。

（完）

译后记

　　冒昧地问一个问题，对你而言，微小清浅而又实实在在的幸福是什么呢？对主人公永恒而言，这样的幸福是母亲朗读的故事，是金银花的芳香，是钢琴的乐音，是导盲犬乔伊的陪伴，也是夏日那场略带苦涩的恋情……这些微小清浅而又实实在在的幸福如同儿童玩具一般，散落在我们的心灵庭院里，等待着我们在秋阳熹微的午后去玩耍。

　　我是从2021年的农历新年开始翻译这本书的。那时，我的内心世界并不安宁。一种不可名状的焦虑感萦绕在我的心头，再加之阴魂不散的疫情的影响，我觉得自己被禁锢在一个狭小的房间里，呼吸困难。就在这时，我穿越纸张，走进了永恒的庭院。我在庭院里聆听着黑歌鸟的吟唱，嗅着瑞香的芬芳。陪伴在失明女孩永恒的身边，我了解了"周三的爸爸"的秘密,知道了永恒与妈妈的温馨而又复杂的关系。我认识了永恒新结识的朋友(灰灰、乔伊、铃儿、魔女魔里女士等),见证了永恒从一个怯弱胆小的女孩,成长为一个自信勇敢的女人。当漫步到故事的最后一页,我恍然发现,被治愈的不仅仅是永恒,还有她身边的我。失明女孩永恒的故事,或者说得更宽泛一些,众多书籍所呈现出来的故事,似乎都有着让人沉浸其中的魔力。我们暂时忘记日常的烦恼,潜入书中的故事里,陪着主人公体验各种喜怒哀乐,在不知不觉间获得治愈与成长。当合上书时,我们已经不再是过去的自己,我们体内的某种特质已经悄然发生了变化。据说,在远古时代,原始人会躲在洞穴里,点燃篝火围坐在一起。其中一个原始人开始讲故事,身边的原始人一边烤着火,一边让自己的思绪在幻想的世界里驰骋。我想,听故事的原始人,内心必定是祥和温馨的吧,即便洞穴外风雨交加、野兽成群。所以,可以说故事有着强大的力量。你想不想在失明女孩永恒的故事里,寻觅到祥和、温馨呢?

在陪伴永恒的过程中,我不仅仅是一位读者,同时也是一位译者,接下来请让我从译者的角度谈谈我的感受。说实话,翻译对我而言不是一件艰辛的工作,我反而在翻译的过程中体会到了难以替代的喜悦。播放着慵懒的爵士乐,面前摆着日文原版书,然后在电脑键盘上,一个字一个字地将日文转化成中文。不知道为什么,整个过程让我感到欢乐和满足,翻译已不再是翻译,而是随着爵士乐的旋律起舞。村上春树先生在谈到他做翻译的感受时,曾说"感觉天上存在着一位'翻译之神',这位神灵目不转睛地望着做翻译的我,让我的内心自然流露出阵阵温馨"。是的,当译者专注于翻译时,他的内心自然会感受到一种出人意料的温馨感,如同获得了神灵的庇佑。翻译之中蕴蓄着一股治愈的力量。另外,翻译长篇小说也确实需要体力,就像参加一次长跑比赛,甚至是一场马拉松。不过,一个字一个字地翻译,一个脚步一个脚步地奔跑,最后必然可以到达终点。无论多远的距离,必定会有终点,翻译让我学会了坚忍不拔、坚持不懈。

在我工作的校园里,有一处地方花草繁密,池水清冽。今年早春的时候,我在这里遇到了一只野猫。它闲躺在石阶上,不畏惧来往的行人。我俯身抚摸它,它也不躲闪,反而享受着抚摸。秀美的自然风光、信赖人类的猫咪,让我不禁感到这里就是我的"永恒的庭院"。"永恒的庭院"不仅仅是失明女孩永恒的私人所有物,也是大家可以共同分享的乐园。希望读者朋友在阅读此书的过程中,能够找到自己的"永恒的庭院"。请记住,"永恒的庭院"不在虚无缥缈的远方,它就在我们的眼前,就在我们的心间。

最后,我要感谢编辑李彩萍女士和其他工作人员对于此译著的辛勤付出。

彭少君
2021 年 10 月 9 日

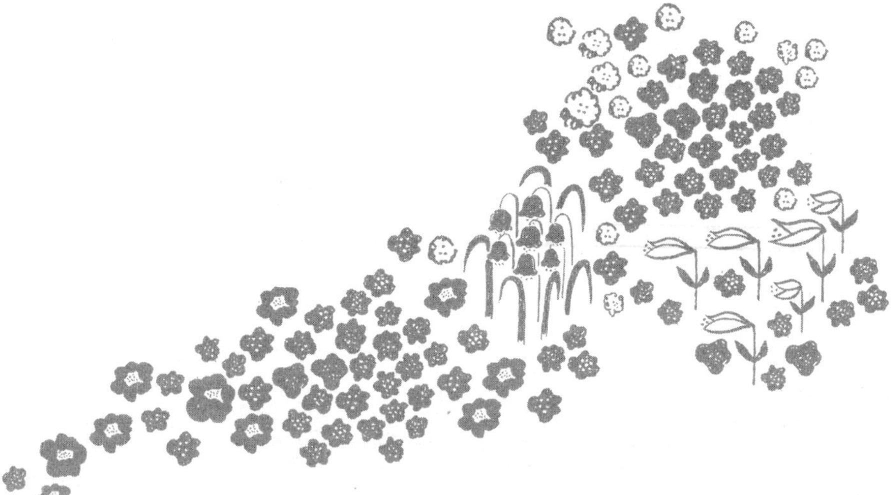

Towa no Niwa
by Ito Ogawa
Copyright © Ito Ogawa 2020
All rights reserved.
Original Japanese edition published in 2020 by SHINCHOSHA Publishing Co., Ltd.
Chinese translation rights in simplified characters arranged with
SHINCHOSHA Publishing Co., Ltd.
through Japan UNI Agency, Inc., Tokyo
Chinese translation copyrights in simplified characters © 2022 by China South Booky Culture Media Co., LTD
Cover & Title page Illustrations by INOUE Nana

© 中南博集天卷文化传媒有限公司。本书版权受法律保护。未经权利人许可,任何人不得以任何方式使用本书包括正文、插图、封面、版式等任何部分内容,违者将受到法律制裁。

著作权合同登记号:图字18-2021-238

图书在版编目(CIP)数据

永恒的庭院 / （日）小川糸著; 彭少君译 . -- 长沙:
湖南文艺出版社, 2022.1
ISBN 978-7-5726-0486-7

Ⅰ. ①永… Ⅱ. ①小… ②彭… Ⅲ. ①长篇小说—日本—现代 Ⅳ. ①I313.45

中国版本图书馆 CIP 数据核字（2021）第 237618 号

上架建议:畅销·日本文学

YONGHENG DE TINGYUAN
永恒的庭院

作　　者:	［日］小川糸
译　　者:	彭少君
出 版 人:	曾赛丰
责任编辑:	刘雪琳
监　　制:	邢越超
策划编辑:	李彩萍
特约编辑:	张春萌
版权支持:	金　哲
营销支持:	文刀刀
装　　帧:	梁秋晨
封面插画:	羡鸟文社（微博@鱼丸苏打-羡鸟文社）
内封及内文插画:	［日］井上奈奈（Inoue Nana）
出　　版:	湖南文艺出版社
	（长沙市雨花区东二环一段 508 号　邮编：410014）
网　　址:	www.hnwy.net
印　　刷:	三河市中晟雅豪印务有限公司
经　　销:	新华书店
开　　本:	875mm×1230mm　1/32
字　　数:	148 千字
印　　张:	7
版　　次:	2022 年 1 月第 1 版
印　　次:	2022 年 1 月第 1 次印刷
书　　号:	ISBN 978-7-5726-0486-7
定　　价:	49.80 元

若有质量问题,请致电质量监督电话：010-59096394
团购电话：010-59320018